NEW WCDP 新文京開發出版股份有限公司
新世紀・新視野・新文京 — 精選教科書・考試用書・專業參考書

New Wun Ching Developmental Publishing Co., Ltd.
NEW WCDP New Age · New Choice · The Best Selected Educational Publications — NEW WCDP

大專國文選

第四版

王文泉・李宜靜・潘素卿——編著

編輯大意

一、本書編輯目標，旨在增進學生對中國文學閱讀、欣賞與寫作的能力。

二、本書選文原則，內容上，以情意為主；年代上，特增現代文學的比例，著力於臺灣文學的介紹，並擴展讀者對原住民文學、女性文學的了解。

三、本書編輯特色，大分為古典文學、現代文學，各以文體流變為歸類依據，同類者依作者時代先後編排。就類型而言，古典文學分為韻文、散文、小說三類；現代文學分為新詩、散文、小說、戲劇四類。

四、每課課文均有「題解」、「作者」、「本文」、「注釋」、「研析」等項。「題解」說明本文出處及旨趣；「作者」介紹作者生平、作品風格及文學地位；「注釋」解釋生難字詞，酌注音讀與典故出處；「研析」解析本文思想、情感、章法、藝術特色。

五、本書標點符號之體例如下：書名用《》；篇名用〈〉。引文用「」；人名、朝代名、地名則於其旁加私名號，如：司馬遷、西漢夏陽人。

六、本書編者不揣淺陋，戮力於斯，疏誤之處，尚祈任課教師、博雅之士，惠予指正。

目錄

古典文學

韻文

詩、詞、曲

辭賦

散文

小說

現代文學

新詩

散文

小說

戲劇

附編

古典
文學

一、詩經選

詩經

題解

本課所選二篇，一為〈周南・關雎〉，傳統的說法認為是歌詠周文王后妃的美德，近人則以為是男子思慕淑女之情；二為〈魏風・碩鼠〉，則是諷刺貴族統治者橫徵暴斂的貪鄙殘酷。

作者

《詩經》是中國最早的一部詩歌總集，收錄西周初年至春秋中期（西元前十二世紀至前六世紀），前後約五、六百年作品。

《詩經》共三百一十一篇，其中六篇有目無辭，故今實存三百零五篇。其內容可分為〈風〉、〈雅〉、〈頌〉三類；〈風〉為民俗歌謠之詩，依地域分為周南、召南、邶、鄘、衛、王、鄭、齊、魏、唐、秦、陳、檜、曹、豳十五國風。〈雅〉分〈大雅〉和〈小雅〉，〈大雅〉為朝會之樂，〈小雅〉則為宴饗之樂；〈頌〉分〈周頌〉、〈魯頌〉、〈商頌〉，為宗廟祭祀的樂歌，用來追述祖先歷史，兼以歌功頌德。

《詩經》中的作品，絕大部分產生於黃河流域，故為北方文學的代表；又除少數提及作者外，其餘均非一時一地一人所作，作者不可考查。

《詩經》經秦火後，至漢復傳；傳《詩》者有魯、齊、韓、毛共四家。魯人申培所傳為《魯詩》，齊人轅固所傳為《齊詩》，燕人韓嬰所傳為《韓詩》，魯人毛亨所傳為《毛詩》。《魯》、《齊》、《韓》詩三家為今文經，皆已先後亡佚；《毛詩》為古文經，現今仍為流傳。

本文

關雎

關關❶雎鳩❷，在河之洲❸。窈窕❹淑❺女，君子好逑❻。

參差❼荇菜❽，左右流❾之。窈窕淑女，寤寐❿求之。

求之不得，寤寐思服⓫。悠哉⓬悠哉，輾轉反側⓭。

參差荇菜，左右采之。窈窕淑女，琴瑟友之⓮。

參差荇菜，左右芼⓯之。窈窕淑女，鐘鼓樂之⓰。

碩鼠

碩鼠碩鼠⑰，無食我黍！三歲貫⑱女，莫我肯顧⑲。
逝⑳將去女，適彼樂土。樂土樂土，爰㉑得我所。
碩鼠碩鼠，無食我麥！三歲貫女，莫我肯德㉒。
逝將去女，適彼樂國。樂國樂國，爰得我直㉓。
碩鼠碩鼠，無食我苗！三歲貫女，莫我肯勞㉔。
逝將去女，適彼樂郊。樂郊樂郊，誰之永號㉕。

註釋

❶ **關關** 狀聲詞。鳥鳴相和的聲音。
❷ **雎鳩** 水鳥名。相傳此鳥雌雄形影不離，或喪偶，則憂思不食，憔悴而死。雎，音ㄐㄩ。
❸ **洲** 水中陸地。
❹ **窈窕** 容貌美好的樣子。

❺ **淑** 善，美好的意思。

❻ **好逑** 好配偶。逑，音ㄑㄧㄡˊ。

❼ **參差** 長短不齊的樣子。

❽ **荇菜** 水生植物，根生水底，上青下白，葉浮在水面上，可食。荇，音ㄒㄧㄥˋ。

❾ **流** 求。

❿ **寤寐** 寤是睡醒，寐是睡著。

⓫ **思服** 思，句中語氣詞。服，思念。

⓬ **悠哉** 悠，長遠貌。形容思念既深且長。

⓭ **輾轉反側** 翻來覆去，不能成眠。

⓮ **友之** 親近他。

⓯ **芼** 擇取，音ㄇㄠˋ。

⓰ **樂之** 歡娛他。

⓱ **碩鼠** 大田鼠。

⓲ **貫** 同「慣」，縱容之意。

⓳ **莫我肯顧** 不肯眷顧我。

⓴ **逝** 同「誓」，發誓。

㉑ **爰** 於是。

㉒ **德** 感激。

㉓ **直** 同「值」，值得之意。

㉔ **勞** 慰勞，音ㄌㄠˋ。

㉕ **誰之永號** 之，猶、尚也。謂誰還需要長歎哀號。

研析

關雎

此詩為《詩經》的首篇，內容敘述男子思慕賢淑美麗的女子，因為迷戀之深，所以女子的影像反覆浮現腦中，難以成眠，也幻想著有朝一日能與她結為永好。

全詩分三章，層次井然。首章以河洲雎鳩鳥叫聲起興，引起自己相思之情，也道出淑女是君子的良好配偶。

次章，以求取荇菜起興，寫出自己愛慕和長夜不眠的相思苦悶，極盡纏綿。

三章，寫既得淑女後的結婚場景，然而「琴瑟友之」、「鐘鼓樂之」的熱鬧，不過是主人翁的幻想，在寤寐中陶醉了。

古人以此詩為詠后妃之德，然而莫如將它視為一首愛情詩篇，詩中有思慕、有嚮往，情感深刻而細緻，過程誠摯而健康，故孔子云：「〈關雎〉樂而不淫，哀而不傷。」

碩鼠

此詩是〈魏風〉的第七首。詩中將魏國統治者的重斂貪婪、榨取人民，比喻成大老鼠般，令人民生活困苦不堪而想逃亡異地，另尋樂土。

首章開門見山直斥貴族統治者，坐享人民勞動果實。「三歲貫女，莫我肯顧」，道出多年的勞苦，卻得不到好的照顧，將離開另尋安身之所。

次章，更換「麥」、「德」、「國」、「直」四字，進一步訴說統治者樂享其成，不知體恤，終讓農民無可忍受，決心遠離鄉土，反覆吟詠，無限辛酸怨憎。

末章繼續指控主位者的殘酷，而農民終年得不到慰勞，盼在異國找到永久棲身的樂土，結束痛苦的生活。

全詩是農民坦率的控訴，正所謂「不平而鳴」，亦是「詩言志」的最佳證明。

題解

兩漢詩歌係「樂府」和「古詩」。「樂府」乃由漢朝官署採集民歌以合樂，整編而成；但另有各地民歌，未能採錄卻廣為流傳，失去樂曲者，則稱為「古詩」。

〈行行重行行〉選自《文選・古詩十九首》，詩內寫賢婦被棄而抒發離別相思之情意，言辭淺近而寓意深遠。

〈短歌行〉乃漢樂府相和歌平調曲名，用於宴會的歌辭。曹操以樂府舊題，寫現實題材，透露人生憂患和歡樂的兩面，雄放而悲涼。

作者

《文選》為中國現存最早的詩文總集，南朝梁昭明太子蕭統主編，亦稱《昭明文選》，選錄上古至梁，共七百餘篇作品。選文標準有二：一是「事出於沉思，義歸乎翰藻」，體現編者的文學觀點；二是「踵其事而增華，變其本而加厲」，體現文學進化的觀點。李善注極為詳備，是研究本書不可或缺之書。

曹操，字孟德，沛國譙人，生於漢桓帝永壽三年（西元一五五年），少機警，有權術而任俠放蕩，不治行業，後參與平定黃巾之亂與討伐董卓之戰，並「挾天子以令諸侯」成為北方統治者；建安十三年，自為丞相，率軍南下，敗於赤壁。建安二十五年（西元二二〇年）卒於洛陽，享壽六十六歲。

曹操是東漢末年傑出的政治家、軍事家及文學家。御軍三十餘年，常手不釋書，並造新詩和以管絃為樂章，這些詩歌皆以抒寫時事，用舊題作新辭，發揮樂府民歌清新自然的寫實精神，其詩豪邁慷慨、沉渾蒼涼。又率先革新兩漢文風，開創建安文學新時代。胡應麟《詩藪》云：「其詩豪邁縱橫，籠罩一世。」足以說明曹操在文學上的成就。

本文

行行重行行

文選・古詩十九首

行行重行行，與君生別離❶。相去萬餘里，各在天一涯。道路阻且長，會面安❷可知？胡馬依北風，越鳥巢南枝❸。相去日已遠，衣帶日已緩❹。浮雲蔽白日，游子不顧反❺。思君令人老，歲月忽已晚。棄捐勿復道，努力加餐飯❻。

短歌行

曹操

對酒當歌，人生幾何。譬如朝露，去日苦❼多。慨當以慷❽，憂思難忘。何以解憂？唯有杜康❾。青青子衿❿，悠悠我心。但為君故，沉吟至今。呦呦鹿鳴，食野之苹。我有嘉賓，鼓瑟吹笙⓫。明明如月，何時可掇⓬？憂從中來，不可斷絕。越陌度阡⓭，枉用相存⓮。契闊談讌⓯，心念舊恩。月明星稀，烏鵲南飛。繞樹三匝⓰，何枝可依？山不厭高，海不厭深。周公吐哺⓱，天下歸心。

注釋

❶ **生別離** 猶言永別離，有別後難以再聚之涵義。

❷ **安** 豈，哪裡。

❸ **「胡馬依北風」二句** 北方的馬和南方的鳥離鄉時尚且眷戀故土，他鄉遊子不當忘歸。比喻不忘本。

❹ **緩** 寬鬆。

❺ **「浮雲蔽白日」二句** 原指君王被小人所矇蔽，致遊子不願歸鄉。此詩暗示丈夫遠遊他鄉被人所惑，不能返家。白日，君王，在此喻丈夫。

❻ **「棄捐勿復道」二句** 凡事都拋開不必再說了，我還是努力加餐飯，保重身體。

❼ **苦** 憂患。

❽ **慨當以慷** 即「慷慨」。

❾ **杜康** 古代最早造酒之人，此借代為酒。

❿ **青青子衿** 周代學子之服，青色的衣領，此指青年才俊。《詩經・鄭風・子衿》：「青青子衿，悠悠我心，縱我不往，子寧不嗣音？」

⓫ **「呦呦鹿鳴」四句** 此表示「招納賢才」之意。出於《詩經・小雅・鹿鳴》首章，乃宴賓客之詩。

⓬ **掇** 拾取，音ㄉㄨㄛˊ。

⑬ **越陌度阡** 言客人遠道拜訪。阡陌，田間小道。

⑭ **枉用相存** 勞駕你前來看我。枉，屈就勞駕。存，存問省視。

⑮ **契闊談讌** 言兩情相投，歡聚談敘。「契闊」為偏義複詞，契，投合；闊，疏遠。讌，相聚歡敘。

⑯ **匝** 周圍，音ㄗㄚ。

⑰ **周公吐哺** 《韓詩外傳》卷三載周公云：「吾，文王之子……然一沐三握髮，一飯三吐哺，猶恐失天下之士。」哺，口中咀嚼的食物，音ㄅㄨˇ。

研析

行行重行行

本詩可分為兩部分，前六句描寫離別之情，後十句敘述相思之意。

首句「行行重行行」，疊用「行」字，予人行之不停的感覺，可見距離遙遠，會面難期，又生離猶如死別，最為可悲。

「胡馬依北風，越鳥巢南枝」二句為比興語，以鳥獸不忘本，來比喻自己不能忘懷丈夫。「衣帶日已緩」因久別思念而消瘦憔悴，也隱含「衣帶漸寬終不悔」的心情。

「浮雲蔽白日」二句，浮雲用比丈夫的新歡，白日則譬為丈夫，而遊子則為棄婦自況。言新歡如浮雲糾纏丈夫，而令己如遊子般難以返回夫君身旁。

末四句言因思君憔悴致老，而歲月不待，唯盼努力加餐飯保重身體，冀望他日再重逢，以自我期勉作結。

綜觀全詩，真情流露，摯愛不渝之情感，令人動容。

短歌行

此首詩透露出人生的兩面：憂患與歡樂，無常與永恆，也呈現出曹操闊達的政治家風範。

首段因感人生的短暫而引出及時行樂之思。二段道出賢才不可得的憂心，與既得賢才的喜悅。三段敘述求才若渴的心情，賢才之難得如明月不可高攀，只盼有日賢才遠道來歸，若能與之相聚歡談，兩情契合，豈不美哉？末段以烏鵲南飛喻人才流落，並以「周公吐哺」自我期勉，重申求才迫切，並努力不懈的心志。

全首慷慨而悲涼，也顯現出作者氣勢昂揚及雄才大略的胸襟，故古人評論他的詩云：「豪邁縱橫，籠罩一世」，可見其詩歌氣魄之宏大。

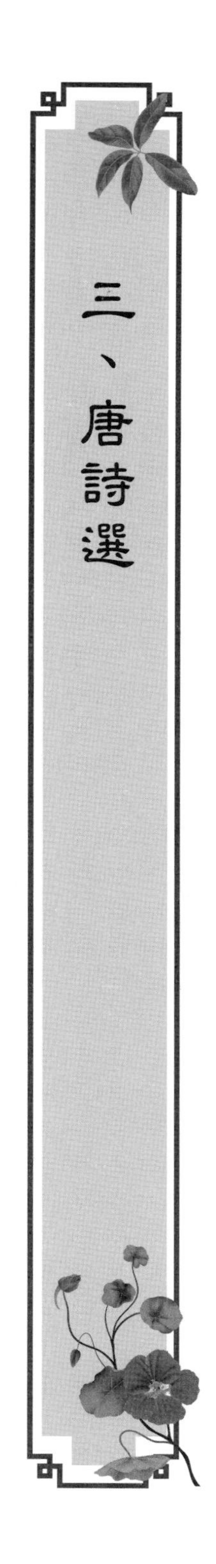

三、唐詩選

題解

唐代是中國詩歌最輝煌的時代，人才輩出，奇葩競放，此時既已脫離六朝餘韻，也拓展詩的內容意境，而產生新的絕句和律體，是所謂的近體詩。

〈登樓〉選自《杜工部集》，作者目睹國家內亂外患擾攘不安，人民顛沛流離，因登高並藉諸葛亮〈梁甫吟〉事以寄感懷。

〈賣炭翁〉選自《白氏長慶集》，詩中敘述賣炭老翁謀生的艱苦，也反映出統治者的無情專橫和百姓生活的悲慘。

作者

杜甫，字子美，別號少陵，唐襄州襄陽（今湖北省襄陽縣）人。生於玄宗先天元年（西元七一二年），卒於代宗大曆五年（西元七七〇年），享年五十九。

杜甫自幼聰穎，雖貧窮多病，卻用功讀書。二十歲時，便南遊吳、越，二十四歲參加科考落榜，於是放蕩山東、河南，與李白、高適等大詩人往還唱和。卅五歲赴長安應試再次落榜，此後，雖多方努力，仕途一直未果，生活窮困落拓。

天寶中，杜甫獻〈三大禮賦〉，帝奇之，使待制集賢院，為宰相李林甫所抑，迄不得官。安史之亂，肅宗即位，被授予左拾遺，長安收復後，又因上疏救房琯被貶華州司功參軍，此時，他對民間被迫徵兵及飢荒之苦感同身受，便辭官過著戰亂流離的生活，此時詩歌反映當時社會狀況，真實詳細的描寫，產生不少傑作，達到寫實主義的最高成就。

四十九歲後，杜甫流落入川，時嚴武鎮蜀，武薦為工部員外郎，故世稱「杜工部」。於成都築草堂而居，生活安定，此時詩歌，也顯現逍遙恬淡風格。後又因避亂離川，在途中因病而死，年五十九歲。

杜甫一生終歷玄宗、肅宗、代宗三朝，身遭安史之亂，詩中多述當時的實況，並擺脫個人感情，與社會相融合，因有「詩史」之稱。其詩沉鬱頓挫，具悲天憫人之胸懷，故有「詩聖」之譽，著有《杜工部集》。

白居易，字樂天，太原（今山西省太原市）人。生於唐代宗大歷七年（西元七七二年），卒於武宗會昌六年（西元八四六年），享壽七十五。

居易幼聰穎，讀書至勤，貞元十六年舉進士，累遷至左拾遺，憲宗元和十年貶為江州司馬，後召還，官至刑部尚書。晚年好佛，居洛陽，常往遊龍門山之香山寺，自稱香山居士，又放意詩酒，號醉吟先生，卒於洛陽。所為詩文深厚麗密，平易淺近，老嫗能解，以反映社會為本，是一位偉大的現實主義詩人。著有《白氏長慶集》。

本文

登樓

杜甫

花近高樓傷客心，萬方多難此登臨。錦江❶春色來天地，玉壘❷浮雲變古今。北極朝廷終不改❸，西山寇盜❹莫相侵。可憐後主還祠廟❺，日暮聊為〈梁甫吟〉❻。

賣炭翁

白居易

賣炭翁，伐薪燒炭南山❼中。滿面塵灰煙火色，兩鬢蒼蒼十指黑。賣炭得錢何所營❽？身上衣裳口中食。可憐身上衣正單，心憂炭賤願天寒。夜來城外一尺雪，曉駕炭車輾冰轍；牛困人飢日已高，市南門外泥中歇。翩翩兩騎來是誰？黃衣使者白衫兒❾。手把文書口稱敕❿，迴車叱牛牽向北。一車炭，千餘斤，宮使驅將⓫惜不得。半疋紅紗一丈綾，繫向牛頭充炭直⓬。

注釋

❶ **錦江**　岷江支流。

❷ **玉壘**　玉壘山，在四川省，為蜀中通吐蕃的要道。

❸ **北極朝廷終不改**　大唐朝廷如北極星，是永不改變的。北極乃指北極星，以喻唐室。

❹ **西山寇盜**　指吐蕃。

❺ **可憐後主還祠廟**　蜀漢後主至今仍享祭祀。還，仍然。

❻〈梁甫吟〉　古輓歌。《三國志・蜀書・諸葛亮傳》：「亮躬耕隴畝，好為〈梁父吟〉。」梁父，山名。

❼南山　即終南山，今之陝西西安市南。

❽營　謀求。

❾黃衣使者白衫兒　指太監和其手下爪牙。

❿口稱敕　嘴裡說是皇帝的命令。敕，君主詔令，音ㄔˋ。

⓫驅將　將牛車趕走。將，語助詞。

⓬直　同「值」，價錢。

研析

登樓

此詩寫於作者寄寓成都之時，此正值剛平定安史之亂，卻又有宦官專權、吐蕃侵擾等內憂外患，國家社會呈現紛擾衰敗景象。

首聯即提挈全篇，道出作者登上高樓，見到繁花似錦卻觸目感傷，此種反常情緒，即因萬方多難、憂國傷時之故。

頷聯寫山河壯觀，洶湧的錦江水帶來春色；玉壘山上的浮雲幻化萬千。上句是空間的伸展，下句則是時間的變幻，既對山河稱頌亦對歷史緬懷，氣象宏偉，語勢遠大。

頸聯議論時局，對多難的時局感到焦慮，也義正詞嚴對吐蕃提出警告，大唐國運如北極星般穩固，切勿前來侵擾。

尾聯則借古諷諭並抒發個人懷抱，也表白對武侯無限仰慕追思，而自己雖有濟世理想，卻無獻身之途，年老無成的憂傷，只得徘徊悲吟以自遣。

全首既寫景象、國家災難及個人感懷，三方兼具包容，難怪清人浦起龍評云：「聲宏勢闊，自然傑作。」足以說明杜甫沉鬱雄偉之藝術風格。

賣炭翁

本首詩前有序：「苦宮市也」。所謂宮市乃皇帝派宦官至民間採購用品，然卻常藉「宮市」之名，強行掠奪。

作者前四句，對賣炭翁的形象有深刻的描寫，刻畫出職業的辛苦和生活的艱困。接下來以問答方式傳達老翁辛勤燒炭目的——只求一家溫飽而已。雖寒風刺骨只著單衣，一心卻只盼天更寒，作者將其矛盾的心裡，描摹極為傳神，也道出了對現實生活的無奈。所幸夜半下了一尺的雪，老翁趁早駕牛車前往市集，滿懷希望盼得好價錢，可以如願以償，早就忘卻冰雪道路的難行。

然而結果並未如自己所預期的，趾高氣揚的太監，不由分說，強行將炭車拉走，僅留下半疋紅紗一丈綾而已，無異是強盜行為。

全詩如實寫出賣炭翁的遭遇，雖未加褒貶，而議論是非已見分明。作者在人物形象的描寫或心裡的刻畫都非常地深入，並靈活運用「反襯」的手法，「牛困人飢」反襯「翩翩兩騎」的狐假虎威，「一車炭，千餘斤」反襯出「半疋紅紗一丈綾」的微薄報酬，並在矛盾衝突中簡短有力作結，更是發人省思。

四、詞選

題解

詞，興起於唐，盛於兩宋。是以音樂為主、歌詞為從的音樂文學。詞所配合的音樂——「燕樂」（一作讌樂、宴樂），是以龜茲樂為主的胡樂與漢族音樂結合而成的，曲調節拍富於變化，為宴享場合娛樂賓客之用，和郊廟祭祀講求典雅純正、莊嚴肅穆的「雅樂」相對而言。

詞，本稱「曲」或「曲子」，兩宋時仍慣稱曲子。五代後蜀歐陽炯始稱「曲子詞」，特別強調文學性質的「詞」的稱呼，則更為晚出。因為句型長短不一，又稱「長短句」。

創作時，多依照已定型的曲調，填寫歌詞，故作詞又稱「填詞」、「倚聲」。每首詞的曲調，稱作「詞調」或「詞牌」，每調的片數、句數、字數、平仄、用韻，都有一定的格式。在平仄上，詞於平聲要辨別陰平、陽平，於仄聲要細分上、去、入，比只分平仄兩類的詩更嚴格。詞依字數而分，大別為小令（五十八字以內）、中調（五十九字至九十字）、長調（九十一字以上）三種；依片數而分，有單調、雙調、三疊、四疊四類。

詞從民間發展而來，原本表現百姓各方面的心聲，後來到了文人手中，因多是宴會時應歌而寫、交由歌女吟唱，為配合歌女的聲情、體態，故所作多為男女情思的內容，詞因此被稱作「豔科」，成為專門用來抒發婉約情懷的文體。

〈更漏子〉，詞調名。雙調，有四十五、四十六及一〇四字等體，本課所選為四十六字體。上下片各六句，上片二仄韻、二平韻；下片三仄韻、二平韻。溫庭筠此作，寫的是一位女子在春夜裡寂寥的思念。

〈雨霖鈴〉，詞調名。雙調，一〇三字，上片十句，五仄韻；下片八句，五仄韻。柳永此作，是寫與戀人離別時惆悵不捨的愁緒，及別後飄泊淒清的心境。

〈定風波〉，詞調名。雙調，有六十二、六十三、九十九字等體，本課所選為六十二字體。上片五句，三平韻、二仄韻；下片六句，二平韻、四仄韻。蘇軾此作，藉由驟雨中的漫步，寫謫居黃州後隨遇而安的曠達心境。

〈少年遊〉，詞調名。有四十九、五十、五十一、五十二字等體，本課所選為五十一字體。上片六句，二平韻；下片五句，二仄韻。周邦彥此作，寫一位女子款待心上人溫婉、嬌羞的綿綿情意。

〈賀新郎〉，詞調名。雙調，一一六字，上下片各十句、六仄韻。辛棄疾此作，寫同道零落、壯志難酬下，孤獨悲壯的心境。

作者

溫庭筠，本名岐，字飛卿，唐太原（今山西太原）人。生於憲宗元和末年，卒於僖宗廣明年間，年約六十。精於音律，善作豔詞。為人放蕩任性，不修邊幅，好譏諷權貴，做過襄陽巡官、隨縣縣尉一類小官，最後任國子助教，世稱溫助教。

五代詞的發展以西蜀、南唐為重心。後蜀趙崇祚編的《花間集》，是最早的文人詞集，收錄晚唐與西蜀詞人風格相近的作品，其中多為宴饗時交由歌妓吟唱的酬答填作，以香軟華豔的辭藻寫女人的相思離愁，世稱「花間詞派」。溫庭筠為花間詞派的鼻祖，是首位致力作詞的文人。王國維輯有《金荃集》。

柳永，原名三變，字耆卿。崇安（今福建崇安）人。生於後周世宗顯德五年（西元九八五年），卒於北宋仁宗皇祐五年（西元一〇五三年），年六十九。柳永排行第七，俗呼柳七。個性放蕩不羈，喜留連煙花巷陌，被上位者視為庸俗淫靡的無行浪子，五十八歲才中進士，官至屯田員外郎，世稱柳屯田。

柳永長年浪跡於市井之間，詞中較以真情對待歌妓，呈現市井情調，並以飄泊心情寫羈旅行役的離愁別恨，且多描繪城市風光。他是第一位大量創作長調的詞人，擅長鋪敘，層次分明，用語通俗，富於音樂性，因此流傳甚廣，以至於「凡有井水處，皆能歌柳詞」（《吹劍錄》）。有詞集《樂章集》。

蘇軾（一〇三六—一一〇一），字子瞻，眉州眉山人（今四川省眉山縣）。父洵，游學四方，母程氏，親授以書，比冠，博通經史，屬文日數千言。嘉祐元年，試禮部，主司歐陽脩曰：「吾當避此人出一頭地」，擢置第二，復以《春秋》對策，列第一。

歷任通判杭州，知密州、徐州、湖州等，因作詩譏評時政，貶為黃州團練副使。軾與田父野老相從溪山間，築室於東坡，自號東坡居士。哲宗即位，召為禮部郎中、翰林學士，出知杭州，後因所作詞令譏斥先朝，貶官英州、瓊州等地。徽宗時，更三大赦，還，卒於常州，享壽六十六。

軾曾自云：「作文如行雲流水，初無定質，但常行於所當行，止於所不可不止」，其文體渾涵光芒，雄視百代。又工詩，與黃庭堅合稱「蘇黃」，詞亦豪放飄逸，又工書法、繪畫，有《東坡全集》傳於世。

東坡以詩為詞，凡是用詩表現的主題，如懷古詠史、說理談禪、農村田園、貶謫行役等等均寫入詞中，並且常不顧音律的規範，使詞的音樂性降低、文字性增高，轉變了之前合於詞調、多寫男女離情的婉約詞風。南宋詞家辛棄疾等人承繼其風，形成豪放詞派，使詞壇並立婉約、豪放二派。詞之有題目、小序，也是從東坡開始的。有詞集《東坡樂府》。

周邦彥，字美成，自號清真居士。北宋錢塘（今浙江杭州）人。生於仁宗嘉祐二年（西元一〇五七年），卒於徽宗宣和三年（西元一一二一年），年六十五。

徽宗時，設置大晟府，創作新樂，頒行全國，欲以宮廷詞人典雅的語言、嚴謹的格律，取代市井氣濃厚的民間俗曲。美成即任大晟府提舉官，自創不少詞調，多作慢詞，寫閨情、羈旅、詠物，語言典麗精工，善於鎔鑄唐人詩句入詞，被稱為婉約詞派的集大成者、格律詞派的創始人，代表北宋末年的詞壇趨勢。著有《片玉詞》，又名《清真詞》。

辛棄疾，字幼安，號稼軒。南宋歷城（今山東歷城）人。生於高宗紹興十年（西元一一四〇年），卒於寧宗開禧三年（西元一二〇七年），年六十八。出生時，歷城已陷金十餘年，二十三歲時率領義軍由山東歸宋，授官任職。他一心想收復中原，但多被占優勢的主和派排擠，四十二歲即被罷官，五十三、六十四歲時被起用二、三年後又被罷官，長年退隱在江西上饒、鉛山二地。他一生的官職，多與恢復大業無關，如謝枋得所說：「入仕五十年，在朝不過老從官，在外不過江南一連帥。」（《祭辛稼軒先生墓記》）故其詞中常有一股悲壯激越的不平之氣。

稼軒詞與東坡齊名，並稱「蘇辛」。善以文為詞，鎔鑄經史典故於詞中。有《稼軒長短句》。

本文

更漏子

溫庭筠

柳絲長，春雨細。花外漏聲迢遞❶。驚塞雁❷，起城烏❸。畫屏金鷓鴣❹。

香霧薄，透簾幕。惆悵謝家❺池閣。紅燭背❻，繡簾垂。夢長君不知。

雨霖鈴

柳永

寒蟬❼淒切，對長亭❽晚，驟雨初歇。都門帳飲❾無緒，方留戀處，蘭舟催發。執手相看淚眼，竟無語凝噎❿。念去去、千里煙波，暮靄沉沉楚天⓫闊。

多情自古傷離別，更那堪、冷落清秋節！今宵酒醒何處？楊柳岸、曉風殘月。此去經年，應是良辰、好景虛設。便縱有、千種風情⓬，更與何人說？

定風波

蘇軾

三月七日，沙湖道中遇雨。雨具先去，同行皆狼狽，余獨不覺。已而遂晴，故作此詞。

莫聽穿林打葉聲，何妨吟嘯且徐行。竹杖芒鞋輕勝馬，誰怕？一蓑煙雨任平生。

料峭⑬春風吹酒醒，微冷，山頭斜照卻相迎。回首向來蕭瑟處，歸去，也無風雨也無晴。

少年遊

周邦彥

并刀⑭如水，吳鹽⑮勝雪，纖手破新橙。錦幄初溫，獸⑯香不斷，相對坐調笙。

低聲問向誰行⑰宿，城上已三更。馬滑霜濃，不如休去，直是⑱少人行。

賀新郎

辛棄疾

邑中園亭，僕皆為賦此詞[19]。一日，獨坐停雲[20]，水聲山色競來相娛，意溪山欲援例[21]者。遂作數語，庶幾彷彿淵明思親友之意[22]云。

甚矣吾衰矣[23]！悵平生、交游零落，只今餘幾？白髮空垂三千丈[24]。一笑人間萬事，問何物、能令公喜？我見青山多嫵媚，料青山、見我應如是[25]。情與貌，略相似。

一尊搔首東窗裡[26]，想淵明〈停雲〉詩就，此時風味。江左沉酣求名者，豈識濁醪妙理[27]！回首叫、雲飛風起。不恨古人吾不見，恨古人、不見吾狂耳。知我者，二三子[28]。

注釋

❶ **漏聲迢遞** 刻漏的聲音綿邈悠長。刻漏，古代計時器。迢，音ㄊㄧㄠˊ。

❷ **塞雁** 飛往塞北的大雁。

❸ **城烏** 棲息在城上的烏鴉。

❹鷓鴣　鳥名，叫聲淒苦，彷彿喊著：行不得也哥哥。

❺謝家　妓館的別名。唐李德裕悼亡妓謝秋娘，撰〈謝秋娘曲〉。其後詞人遂以「謝娘」為歌妓的代稱，「謝家」為妓館的別名。

❻背　遮住光線，或移開燭臺使光不直射。

❼寒蟬　蟬的一種，於秋天鳴叫。

❽長亭　古代驛路上十里一長亭，五里一短亭，供行人休息或送別之用。

❾都門帳飲　在京城郊外，設帳餞行。

❿凝噎　悲苦氣結，喉嚨似被塞住，發不出聲。

⓫楚天　江南的天空。江南一帶，古屬楚國，故稱。

⓬風情　纏綿的情意。

⓭料峭　風寒的樣子。

⓮并刀　并州（今山西太原）所產的刀。以鋒利出名。并，音ㄅㄧㄥ。

⓯吳鹽　吳地（今江蘇一帶）所產的鹽。以精細潔白著稱。

⓰獸　獸形香爐。

⓱誰行　何處。

⓲直是　正是。

⓳詞　詞調。

⑳ **停雲** 停雲堂，是辛棄疾晚年遊息之所，在鉛山縣期思村，築於山上，周圍遍種松竹。

㉑ **援例** 獲得題詠的機會。

㉒ **淵明思親友之意** 陶淵明有〈停雲〉詩，寫思念親友的心情。

㉓ **甚矣吾衰矣** 是理想不得實現的感慨。《論語．述而》：「子曰『甚矣吾衰矣，久矣吾不復夢見周公。』」感慨「吾道不行」。

㉔ **白髮空垂三千丈** 指無從著力的極度憂愁。李白〈秋浦歌〉：「白髮三千丈，緣愁似箇長。」

㉕ **「我見青山多嫵媚」二句** 指自己依然忠心耿耿，滿懷著收復中原的豪情壯志。辛棄疾〈沁園春〉：「青山意氣崢嶸，似為我歸來嫵媚生。」《新唐書．魏徵傳》載唐太宗語：「人言徵舉動疏慢，我但見其嫵媚耳。」這裡辛棄疾是隱以魏徵自比。

㉖ **一尊搔首東窗裡** 在東窗下自酌，煩急地搔弄白髮、思念親友。陶淵明〈停雲〉詩：「靜寄東軒，春醪獨撫，良朋悠邈，搔首延佇。」

㉗ **「江左沉酣求名者」二句** 這裡藉由批評南朝利用飲酒沽名釣譽的名士，來諷刺當時人醉生夢死的偏安心態，並且表現自己與陶淵明同解酒中妙理，超然遁隱、不同流合汙的自負。蘇軾〈和陶飲酒〉詩：「江左風流人，醉中亦求名。」江左，即江東，長江下游南岸，指南朝。醪，濁酒，音ㄌㄠˊ。

㉘ **二三子** 語出《論語》，孔子稱呼學生們的用語。這裡指剩下的少數志同道合的朋友。

研析

更漏子

這首詞寫的是一位女子寂寥出神、綿邈悠長但卻無奈的思念。柳絲一波波的搖曳、春雨一絲絲的連綴、漏聲一滴滴的迴盪，正如女子輕柔纖細、重重不盡的思念。而漏聲的清晰，彷彿驚起雁烏，一方面凸顯這夜是靜得如此寂寥；一方面也表現這女子正思念得出了神，迷茫中，耳中只有迢遞的漏聲，即使雁烏驚飛振翅，也難將她喚回到現實中，僅能觸動她靜靜地移動視線，仍然出神地看著畫屏上豔麗淒清如己的金鷓鴣，彷彿聽到金鷓鴣「行不得也哥哥」的悲啼，正啼在自己的心上。當她獨自入眠時，在靜靜地背紅燭、垂繡簾的動作中，又含有多少寂寞？長夜的相思無從寄託，只能獨自無聲地吞嚥。

整首詞在視覺、聽覺以及心情上，交融地呈現出這女子思念的內心戲，寫得綺豔委婉，正表現出溫詞的特色，如王國維所說：「畫屏金鷓鴣，飛卿語也，其詞品似之」。（《人間詞話》）

雨霖鈴

在秋日黃昏、驟雨、寒蟬爭鳴紛擾的背景下，柳永與戀人分離的情緒是紛亂淒切又灰暗低沉。心中的激動，因分離無可改變而隱隱翻騰在無奈的惆悵之下，迷茫地喝著悶酒，酒入愁腸，催化了內心的激動，當心情的表層正由惆悵轉為強烈留戀時，船夫卻催促上船了，如此不捨卻又不得不即刻啟程，內心

的痛苦何其強烈！在時間的逼迫下，與戀人執手相對，心中的悲傷終於突然激化、突圍而出，化為兩行淒楚清淚，所有的情意都在這心痛得胸口一緊的無語凝噎中。而分離後又是極孤單、極沉重，孤單如無邊蒼穹下煙波中的孤帆，沉重如漫天暮靄重重不盡的壓迫。雖有個將前往的地方，但卻是從此飄泊的感覺，酒醒後，只有不知身在何處的恍惚、陌生與孤單淒清，整個人就被淒清的秋、淒清的曉風和淒清的天邊殘月岸上柳給包圍了。再遇到的良辰美景，只更能凸顯自己的孤單落寞，所有的心情再也找不到停靠的地方。

此外，這首詞上片的第二、五句，是上一下三句式，第八句是上一下四句式，在音節上更增添了離別時頓挫吞咽的鬱結之感。

定風波

這首詞表面是寫東坡在驟雨漫步的瀟灑，實則是寫東坡被貶謫到黃州的心境。「莫聽穿林打葉聲，何妨吟嘯且徐行」，在遇到突如其來的打擊時，何不泰然處之，越是在意、想避開，其實是越鬱悶、越擺脫不了、越狼狽。「竹杖芒鞋輕勝馬，誰怕？一蓑煙雨任平生」，即使被貶官又如何，只要隨遇而安，也比從前輕快自在。「料峭春風吹酒醒，微冷，山頭斜照卻相迎。回首向來蕭瑟處，歸去，也無風雨也無晴」，人生中禍福相倚且不期然而至，禍至，不足以憂，福至，也不足以喜。禍福兩忘後，是何等自在！王國維說：「東坡之詞曠。」（《人間詞話》）正可由此看出。

東坡謫居黃州後的作品，常在曠達的胸襟下，隱含著傷感的情緒。如〈赤壁賦〉雖說明「自其不變者而觀之，則物與我皆無盡也」，如〈念奴嬌—赤壁懷古〉也表現出何必欽羡古人的瀟灑，但作品中押的卻是短促鬱結的入聲韻。而這首〈定風波〉，則是從詞中接連提到「穿林打葉聲」、「煙雨」、「料峭春風」、「微冷」、「蕭瑟」、「風雨」等比喻挫折的詞彙，可知東坡實際未忘懷謫居黃州之事，若是真正的曠達，就不會如此屢屢提及，彷彿忘不掉了。所以龍沐勛說東坡：「憂讒畏罪，別具苦衷，故其詞驟視之，雖極瀟灑自然，而無窮傷感，光芒內斂。」（《東坡樂府綜論》）

少年遊

一對戀人在精巧浪漫氣氛中的綿綿情意。女子的甜蜜溫婉與含情脈脈，就從她精巧、不急不徐地為心上人切橙、調笙的動作中流露了出來。而男子幸福滿足的柔情相對，在女子深情款待中也幾乎可見。獸香輕溢柔細與錦幄的初溫，更使房中平添出無限的旖旎情調與氣氛。夜深了，心上人要告辭，女子捨不得，想留他過夜，不知如何啟齒，於是低聲含蓄地找些理由：「向誰行宿，城上已三更，馬滑霜濃」，來掩飾自己的羞澀與期盼，而在她終於擠出「不如休去」這句話時，是多麼赤裸裸地表白、羞得無處躲藏，逼得自己只得趕快再補上一句「直是少人行」，來遮掩自己躲不掉的害羞。

賀新郎

一個五十九歲的老人、一顆想收復中原的心、一段被閒置的遭遇，面對一個偏安江南的朝廷，該是何種心境？是理想長年無從實現的無奈感嘆，是同道零落後獨自堅持的孤單寂寞，是空垂了三千丈白髮的深層憂愁與無從著力，是笑煞眾人皆醉、萬事顛倒的悲壯悲涼。是老當益壯、豪情未減、與青山同其崢嶸的慷慨自負，但也是只能和青山相知相惜的蒼涼孤寂；是與淵明同解酒中真味、超然遁隱的自恃，也是無法一酬壯志的不甘與激憤。當這老人「回首叫雲飛風起」、「恨古人不見吾狂耳」的時候，是多麼想叱吒風雲、多麼不屈於現實、多麼豪視古今、多麼自負的狂，但其實風雲又怎會理睬老人嘶啞、不具威勢的號令呢？越狂，卻越悲壯蒼涼，越顯得知己的零落與自身的孤寂。

五、散曲選

題解

本課選自《全元散曲》，散曲是元代流行的歌曲，依照體製的大小，分為小令與散套：小令以一支曲牌為單位，大多六十字以內；散套則是將宮調相同的幾個曲牌聯成一支長歌。所謂曲牌就是一首歌的名稱，曲牌下的文字，即為此曲的題目。

〈四塊玉〉：描寫歸田之後，閒適之情。

〈人月圓〉：由於作者長期流浪江湖，因此渴望閑居的生活，本首即寫其歸隱前後的體悟和情趣。

〈雙調　夜行船〉：作者藉歷代興亡寫人生如夢、藉現實社會表不慕名利，從而呈現不願同流合汙的高傲性格。

作者

關漢卿，號已齋叟，元大都（今北京）人，生卒年不詳。金末解元，入元不仕，畢生致力雜劇，今保存完整的有《竇娥冤》等十四種劇本，對當代及後代戲曲有很大的影響，與馬致遠、鄭光祖、白樸合稱元曲四大家。所作散曲生動自然，《全元散曲》收有小令五十七首、散套十三套。

張可久，字小山，元慶元（今浙江慶元）人，生卒年不詳。早年曾任路吏轉首領官等職。民國任訥輯有《小山樂府》六卷。小山畢生致力於散曲，也是元代散曲作品留存最多的作家。散曲題材豐富、無所不包；擅長以詩境詞境入曲，風格清麗自然，確立了元曲與唐詩宋詞並駕齊驅的地位。

馬致遠，號東籬，元大都人，曾任江浙行省務官，餘多不可考。自少飽讀詩書，唯因政治黑暗，只好遁隱山林，以揮灑自如的才華，寄無限的感慨，在豪放的風格中，亦有閒適、清麗之作，擴大了元曲的範圍及意境，因而提升了元曲的地位，與張可久並稱「曲中雙絕」。著有雜劇十六種，代表作為《漢宮秋》。

本文

四塊玉　閒適

關漢卿

南畝❶耕，東山❷臥。世態人情經歷多。閒將往事思量過，賢的是他，愚的是我，爭什麼。

人月圓　山中書事

張可久

興亡千古繁華夢，詩眼❸倦天涯。孔林❹喬木，吳宮❺蔓草，楚廟❻寒鴉。數間茅舍，藏書萬卷，投老❼村家。山中何事？松花釀酒❽，春水煎❾茶。

雙調　夜行船　秋思

馬致遠

百歲光陰一夢蝶❿，重回首、往事堪嗟⓫。今日春來，明朝花謝，急罰盞⓬夜闌燈滅。

喬木查

想秦宮13漢闕14，都做了衰草牛羊野，不恁麼15，漁樵沒話說。縱荒墳橫斷碑，不辨龍蛇16。

慶宣和

投至17狐蹤與兔穴，多少豪傑。鼎足18雖堅半腰裏折。魏耶？晉耶？

落梅風

天教你富，莫太奢，沒多時好天良夜。富家兒，更做道你心似鐵，爭19辜負了錦堂風月。

風入松

眼前紅日又西斜，疾似下坡車。不爭[20]鏡裏添白雪，上牀與鞋履相別。休笑巢鳩計拙[21]。葫蘆提[22]一向裝呆[23]。

撥不斷

利名竭，是非絕，紅塵[24]不向門前惹[25]。綠樹偏宜屋角遮，青山正補牆頭缺，更那堪竹籬茅舍。

離亭宴帶歇指煞

蛩吟[26]罷一覺才寧貼[27]，雞鳴時萬事無休歇，何年是徹[28]？看密匝匝[29]蟻排兵，亂紛紛蜂釀蜜，急攘攘[30]蠅爭血。裴公綠野堂[31]，陶令白蓮社[32]，愛秋來時那些：和露摘黃花，帶霜分紫蟹[33]，煮酒燒紅葉。想人生有限杯，渾[34]幾箇重陽節[35]。人問我，頑童[36]記者[37]，便北海[38]探吾來，道東籬醉了也。

注釋

❶**南畝**　即農田。由於向南的田地陽光充足，較利於農作物之生長，故古人農田多向南方，稱為南畝。如《詩經．豳風．七月》：「饁彼南畝」、《詩經．小雅．大田》：「俶載南畝」。此處用陶淵明典故。

❷**東山**　東晉謝安早年隱居東山，優游山林，屢召不起，後遂以「東山」喻指隱居。其地在今浙江省上虞縣西南。

❸**詩眼**　詩人的眼光。

❹**孔林**　孔子的墓地。在山東省曲阜縣北，墳中雜樹成林。相傳孔子弟子各自其鄉攜樹來植，故名孔林。

❺**吳宮**　吳國的宮殿。在江蘇省吳縣。

❻**楚廟**　指戰國時楚國的宗廟。在湖北省江陵縣。

❼**投老**　到老，終老。

❽**松花釀酒**　用松花釀造的酒，稱為松花酒。岑參〈題井陘雙溪李道士所居〉詩：「五粒松花酒，雙溪道士家。」

❾**煎**　煮。

❿**夢蝶**　這是用《莊子．齊物論》莊周夢蝶的典故。

⑪ **堪嗟** 可歎。

⑫ **急罰盞** 趕快喝酒。古人飲酒行令，不如令者須罰酒；這裏借用罰盞為飲酒之意。盞，小杯。

⑬ **秦宮** 秦始皇建築的阿房宮。

⑭ **漢闕** 漢武帝所建的鳳闕。

⑮ **恁麼** 這樣，如此。

⑯ **龍蛇** 一說碑上的字跡，一說代表聖賢英雄及凡人庸夫。

⑰ **投至** 待到，到了。

⑱ **鼎足** 鼎是三足兩耳的古器名，此指魏、蜀、吳三分的局面。

⑲ **爭** 怎，如何。

⑳ **不爭** 想不到。

㉑ **巢鳩計拙** 鳩鳥不善營巢，取他鳥之巢而居。

㉒ **葫蘆提** 宋元時俗語，就是今語糊里糊塗，馬馬虎虎的意思。

㉓ **裝呆** 假裝痴呆。

㉔ **紅塵** 俗世的熱鬧繁華。

㉕ **惹** 招引。

㉖ **蛩吟** 「蛩」是蟋蟀，「吟」是歌詠，蟋蟀的鳴聲似有韻律，故稱蛩吟。

㉗**寧貼**　安寧貼伏。

㉘**何年是徹**　意即到甚麼時候才算完了。徹，終了。

㉙**密匝匝**　密集的樣子。

㉚**急攘攘**　忙亂的樣子。

㉛**裴公綠野堂**　裴度，唐憲宗、穆宗時名宰相，封晉國公。退休後在河南洛陽城南築別墅，有綠野堂。和一時名士飲酒其中，不問世事。

㉜**陶令白蓮社**　陶淵明曾為彭澤令，歸隱後，和高僧慧遠等往來。慧遠和僧徒、當時名士結社於廬山東林寺，寺中多植白蓮，故稱白蓮社。

㉝**紫蟹**　河北寧河所出螃蟹，煮後其殼呈紫紅色。今作螃蟹之代稱。

㉞**渾**　總共。

㉟**重陽節**　九為陽數，九月九日為重陽節。

㊱**頑童**　頑皮的童僕。

㊲**記者**　記著，記住。

㊳**北海**　東漢孔融，獻帝時曾為北海相，人稱孔北海。性好客，曾經說：「座上客常滿，樽中酒不空」。

研析

四塊玉

此曲一下筆先藉兩個典故言志：要效法陶潛歸耕南畝與謝安高臥東山。「閒將往事」句，「閒」字下得極好，表此決定確實是深思熟慮的結果，但是，一再理智地說服自己，不正透露內心的不平衡？所以結語三句看似超曠，卻也有不得不看開的些許憤怨。

人月圓

本曲結構依曲牌形式，鋪述隱居原由及樂趣。

前段寫參悟世情是歸隱之因：首二句說明參悟世情，「詩眼倦天涯」更具承上啟下之用。「孔林喬木」以下三句乃繁華如夢之證，此三句對仗工整，頗有懷古之情。

後段寫讀書飲茗乃山居之樂：首三句寫山中的生活；末三句寫山中的行事：「山中何事」既切合題旨又啟下文：「松花釀酒，春水煎茶」，造語清新，對仗工巧，是本曲警策之句。

雙調　夜行船

馬致遠的套曲中，〈秋思〉一套最有名，這篇套曲造語、鍊字、用韻等皆充分表現元曲特有的風貌，元周德清評為「萬中無一」之作。

第一支〈夜行船〉總括地敘述人生如夢，不如及時行樂。「往事堪嗟」可見對現實不滿，所以要「急罰盞」也無非為了借酒抒憤。

第二支〈喬木查〉借秦漢宮殿的荒涼說明自來盛衰的無常，衰草遍野、荒墳、斷碑等景象，頗具懷古傷今之情。

第三支〈慶宣和〉意承前曲，從牛羊野到狐兔穴、從帝王到豪傑、從秦漢到魏晉，而今安在哉？一曲三問，加深了古今興亡的悲涼感。

第四支〈落梅風〉諷刺當時富戶：叫他們「莫太奢」、說他們「心似鐵」，憎惡之情極為分明；末句言其「辜負了錦堂風月」亦見鄙視之意。

第五支〈風入松〉轉寫自己的處世態度：首二句描寫時光之飛逝，極為生動；末二句說自己的處世哲學是「裝呆」。在種族歧視和政治黑暗的時代下，似乎，除了裝呆，別無良策！此語與關漢卿的「賢的是他，愚的是我，爭什麼」有異曲同工之妙。

第六支〈撥不斷〉寫住家風光：首二句承前曲「裴呆」而來；「紅塵」三句字句凝鍊工整，再以一句收尾，這樣的句法稱為「救尾對」。

尾曲〈離亭宴帶歇指煞〉以對比手法寫爭名奪利者和自己的生活。前六句寫他們無休歇的忙碌模樣，「密匝匝」三句形象生動、音韻活潑；以下寫自己閒適的生活並呼應首曲收尾：「裴公」二句寫裴度、陶潛是自己典範；「和露摘黃花」三對句寫深秋之美，亦見作者的生活美學；「想人生有限杯」、「道東籬醉了也」分別呼應「百歲光陰一夢蝶」、「急罰盞夜闌燈滅」，形成一組結構極為紮實的套曲。

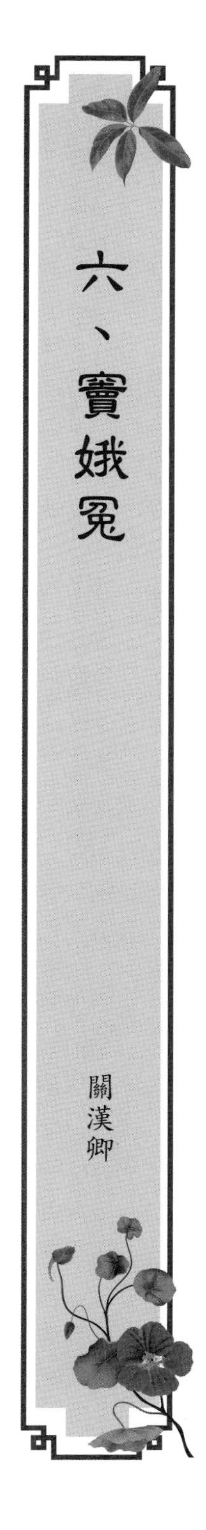

六、竇娥冤

關漢卿

題解

本篇選自《元人雜劇選》，元雜劇是中國戲劇之始，其結構是每劇四折，四折之外多用楔子，楔子或置劇前或在各折之間；每折限一人主唱，其他演員只有對白。

本篇節錄原劇第三折，旨在描寫孝順剛強的竇娥，含冤受刑，刑前三願，死後應驗，淋漓盡致地表現了全劇悲劇氣氛及主題意識。

《竇娥冤》為《感天動地竇娥冤》之簡稱。

作者

關漢卿，號己齋叟，元大都（今北京）人，生卒年不詳。金末解元，入元不仕，畢生致力雜劇，今保存完整的有《竇娥冤》等十四種劇本，對當代及後代戲曲有很大的影響，與馬致遠、鄭光祖、白樸合稱元曲四大家。所作散曲生動自然，《全元散曲》收有小令五十七首、散套十三套。

本文

（外❶扮監斬官上，云：）下官監斬官是也。今日處決犯人，著做公的把住巷口，休放往來人閒走。（淨❷扮公人，鼓三通，鑼三下科❸。劊子磨旗、提刀、押正旦❹帶枷上，劊子云：）行動些，行動些，監斬官去法場上多時了。（正旦唱：）

【正宮端正好】沒來由犯王法，不隄防遭刑憲，叫聲屈動地驚天。頃刻間遊魂先赴森羅殿，怎不將天地也生埋怨。

【滾繡球】有日月朝暮懸，有鬼神掌著生死權，天地也，只合把清濁分辨，可怎生糊突了盜跖顏淵❺：為善的受貧窮更命短，造惡的享富貴又壽延。天地也，做得箇怕硬欺軟，卻元來也這般順水推船。地也，你不分好歹何為地？天也，你錯勘賢愚枉做天！哎，只落得兩淚漣漣。

（劊子云：）快行動些，誤了時辰也。（正旦唱：）

【倘秀才】則被這枷紐的我左側右偏，人擁的我前合後偃，我竇娥向哥哥行❻有句言。（劊子云：）你有甚麼話說？（正旦唱：）前街裏去心懷恨，後街裏去死無冤，休推辭路遠。

（劊子云：）你如今到法場上面，有甚麼親眷要見的，可教他過來，見你一面也好。（正旦唱：）

【叨叨令】可憐我孤身隻影無親眷，則落的吞聲忍氣空嗟怨。（劊子云：）難道你爺娘家也沒的？（正旦云：）止有箇爹爹❼，十三年前上朝取應去了，至今杳無音信。（唱：）蚤已是十年多不睹爹爹面。（劊子云：）你適纔要我往後街裏去，是什麼主意？（正旦唱：）怕則怕前街裏被我婆婆見。（劊子云：）你的性命也顧不得，怕他見怎的？（正旦云：）俺婆婆若見我披枷帶鎖赴法場飡❽刀去呵，（唱：）枉將他氣殺也麼哥❾，枉將他氣殺也麼哥。告哥哥，臨危好與人行方便。

（卜兒⑩哭上科，云：）天那，兀的不是我媳婦兒！（劊子云：）婆子靠後。（正旦云：）既是俺婆婆來了，叫他來，待我囑付他幾句話咱。（劊子云：）那婆子，近前來，你媳婦要囑付你話哩。（卜兒云：）孩兒，痛殺我也！（正旦云：）婆婆，那張驢兒把毒藥放在羊肚⑪兒湯裏，實指望藥死了你，要霸佔我為妻。不想婆婆讓與他老子吃，倒把他老子藥死了。我怕連累婆婆，屈招了藥死公公⑫，今日赴法場典刑。婆婆，此後遇著冬時年節，月一十五，有瀽⑬不了的漿水飯，瀽半碗兒與我吃，燒不了的紙錢，與竇娥燒一陌兒⑭，則是看你死的孩兒面上。（唱：）

【快活三】念竇娥葫蘆提⑮當罪愆，念竇娥身首不完全，念竇娥從前已往幹家緣，婆婆也，你只看竇娥少爺無娘面。

【鮑老兒】念竇娥伏侍婆婆這幾年，遇時節將碗涼漿奠；你去那受刑法屍骸上烈些紙錢，只當把你亡化的孩兒薦。（卜兒哭科，云：）孩兒放心，這個老身都記得。天那，兀的⑯不痛殺我也！（正旦唱：）婆婆也，再也不要啼啼哭哭，煩煩惱惱，怨氣衝天。這都是我做竇娥的沒時沒運，不明不闇，負屈銜冤。

（劊子做喝科，云：）兀那婆子靠後，時辰到了也。（正旦跪科）（劊子開枷科）（正旦云：）竇娥告監斬大人，有一事肯依竇娥，便死而無怨。（監斬官云：）你有什麼事？你說。（正旦云：）要一領淨席，等我竇娥站立；又要丈二白練，掛在旗鎗上，若是我竇娥委實冤枉，刀過處頭落，一腔熱血休半點兒沾在地下，都飛在白練上者。（監斬官云：）這箇就依你，打甚麼不緊⑰。（劊子做取席站科，又取白練挂旗上科）（正旦唱：）

【耍孩兒】不是我竇娥罰下這等無頭願，委實的冤情不淺；若沒些兒靈聖與世人傳，也不見得湛湛青天。我不要半星熱血紅塵灑，都只在八尺旗鎗素練懸。等他四下裏皆瞧見，這就是咱萇弘化碧⑱，望帝啼鵑⑲。

（劊子云：）你還有甚的說話，此時不對監斬大人說，幾時說那？（正旦再跪科，云：）大人，如今是三伏⑳天道，若竇娥委實冤枉，身死之後，天降三尺瑞雪，遮掩了竇娥屍首。（監斬官云：）這等三伏天道，你便有衝天的怨氣，也召不得一片雪來，可不胡說！（正旦唱：）

【二煞】你道是暑氣暄，不是那下雪天，豈不聞飛霜六月因鄒衍㉑。若果有一腔怨氣噴如火，要感的六出冰花㉒滾似綿，免著我屍骸現；要什麼素車白馬㉓，斷送㉔出古陌荒阡？

（正旦再跪科，云：）大人，我竇娥死的委實冤枉，從今以後，著這楚州亢旱三年。（監斬官云：）打嘴！那有這等說話！（正旦唱：）

【一煞】你道是天公不可欺，人心不可憐，不知皇天也肯從人願。做甚麼三年不見甘霖降，也只為東海曾經孝婦冤㉕。如今輪到你山陽縣，這都是官吏每無心正法，使百姓有口難言。

（劊子做磨旗科，云：）怎麼這一會兒天色陰了也？（內做風科，劊子云：）好冷風也！（正旦唱：）

【煞尾】浮雲為我陰，悲風為我旋，三椿兒誓願明題徧。（做哭科，云：）婆婆也，直等待雪飛六月，亢旱三年呵，（唱：）那其間纔把你個屈死的冤魂這竇娥顯。

（劊子做開刀，正旦倒科）（監斬官驚云：）呀，真箇下雪了，有這等異事！（劊子云：）我也道平日殺人，滿地都是鮮血，這個竇娥的血都飛在那丈二白練上，並無半點落地，委實奇怪。（監斬官云：）這死罪必有冤

枉。早兩樁兒應驗了，不知亢旱三年的說話，准也不准？且看後來如何。左右，也不必等待雪晴，便與我抬他屍首，還了那蔡婆婆去罷。（眾應科，抬屍下）

注釋

❶ **外** 外末、外旦、外淨的省稱。

❷ **淨** 角色名，以扮演剛強獰猛的人為主。

❸ **科** 元雜劇把演員在舞台上表演的戲劇動作，叫做「科」或「介」。

❹ **正旦** 角色名，劇中的女主角。

❺ **盜跖顏淵** 都是春秋時代的人。盜跖是當時的「大盜」，顏淵是當時的「賢者」。後來常用他們作為壞人和好人的典型。跖，音ㄓˊ。

❻ **行** 宋元語言，在人稱、自稱之後用「行」字，如哥哥行、我行等，都是用以指示方位的；就是哥哥那邊、我這邊的意思。

❼ **爹爹** 指竇娥父親竇天章，因妻亡家貧，曾向專放高利貸的蔡婆婆借貸，在無力償還下，以女給蔡氏當兒媳抵償，見本劇「楔子」。

❽ **飡** 同「餐」。

❾ **也麼哥** 語尾助詞，有聲無義。

❿ **卜兒** 宋元人把「娘」省寫為「外」，又省為「卜」；卜兒就是老娘、老婦之意。

⓫ **賭** 同「肚」。

⓬ **「那張驢兒…藥死公公」** 此段竇娥之言見本劇「第二折」。

⓭ **瀽** 潑，倒，音ㄐㄧㄢˇ。

⓮ **一陌兒** 就一百張，或一串。「陌」同「百」。

⓯ **葫蘆提** 或作胡盧題、胡盧提。含糊籠統，糊里糊塗，馬馬虎虎。

⓰ **兀的** 指示詞，猶如「這個」、「那個」，有時也兼表驚異或鄭重的口氣。

⓱ **打甚麼不緊** 或作打甚不緊、打甚麼緊、不打緊，義均同。就是有什麼要緊，即不要緊的意思。

⓲ **萇弘化碧** 萇弘，周朝的大夫。碧，青綠色的美石。古代神話：萇弘被殺以後，蜀人把他的血藏起來，三年，血變成碧。

⓳ **望帝啼鵑** 古代神話，蜀王杜宇，號望帝，死後，魂化為杜鵑鳥，日夜悲鳴，聲音非常淒厲。

⓴ **三伏** 從夏至後第三個庚日算起，到立秋以後第一個庚日的前一天止。可分為初伏、中伏、終伏，每伏各十天。為一年中最熱的時節。

㉑ **飛霜六月因鄒衍** 鄒衍，戰國時人。相傳：他對燕惠王很忠心，被人誣害下獄；他仰天大哭，夏天六月裏，天竟下霜。後來常用這個故事代表冤獄。

㉒ **六出冰花** 即雪花。它的結晶體多為六瓣，所以又叫做「六出花」。

㉓ **素車白馬** 東漢時，范式和張劭友好，張劭死了，范式從很遠的地方乘著白車白馬去弔喪。後來常用這四個字代表弔喪、送葬的意思。

㉔ **斷送** 有送、葬送、度過等義。這裡是送的意思。

㉕ **東海曾經孝婦冤** 漢代傳說：東海有一寡婦周青，對婆婆很孝順。婆婆因事自縊死了，周青被誣告，臨刑時，她指著車上的長竹竿對人說：我若真是有罪，被斬後，血往下流；否則，血就沿著竹竿逆流上去。行刑之後，血果然逆流而上。於是東海一帶，三年枯旱不雨。後來于公替她雪冤，才又下雨。

研析

元雜劇之組成要素有：曲辭、賓白、科、腳色、砌末（道具）、題目正名等，謹就與本文相關之要素，簡述如下：

一、**曲辭**　每折由一個套曲組成，本折曲文之修辭如：*1.*疊字：啼啼哭哭（鮑老兒）；*2.*類字：念竇娥葫蘆提當罪愆，念竇娥身首不完全，念竇娥從前已往幹家緣（快活三）；*3.*對句：地也，你不分好歹何為地？天也，你錯勘賢愚枉做天！（滾繡球）。

二、**賓白**　即台詞。賓白得宜，劇情之進行才合理且精采，如本文在「叨叨令」與「快活三」二曲之間，加上卜兒、劊子與正旦的對白，其效用有二：*1.*彰顯竇娥的冤情與孝順；*2.*強化生離死別的傷痛。全劇的悲劇氣氛與控訴精神，於此可見。劇末應驗竇娥的刑前三願，即呼應此段也。

三、**科**　即動作，一個完整的劇本，只有唱白仍不夠，還須通過動作，才能把故事生動地呈現在觀眾之前。如：「劊子做取席站科，又取白練挂旗上科。」即是劊子依竇娥刑前首願所做的連串動作。

四、**角色**　角色名目繁多，要之有末、旦二類，正末、正旦為男、女主角，本劇由正旦主唱，故可稱為「旦本」。

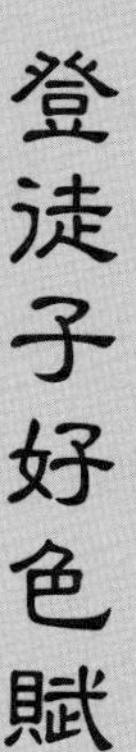

七、登徒子好色賦

宋玉

題解

本篇選自《昭明文選》，是一篇生動有趣的小賦。宋玉藉由虛構的情節——反駁登徒子對他好色的批評，最後凸顯對待異性應有「發乎情而止乎禮」的態度。賦中有一些極意刻畫女子美貌的句子，如「增之一分則太長，減之一分則太短；著粉則太白，施朱則太赤」、「眉如翠羽，肌如白雪，腰如束素，齒如含貝」等，歷來為人讚嘆傳頌不已。

作者

宋玉，戰國時楚人，屈原的弟子，生卒年不詳，大約活動於頃襄王時期，為頃襄王的大夫。

宋玉善以隱語諷諫，不似屈原的直諫。因宋玉處於楚國風雨飄搖、君臣苟且偷安的時候，僅是以文學才能而居官職；屈原則是處於各大國激烈爭鬥的關頭，身為楚國貴族，置身於政治中心。兩人的境遇完全不同。

宋玉是辭賦由騷體轉向賦體的關鍵作家。宋玉善以鋪陳、細緻的文筆描寫形象，並大量使用聯綿詞和疊字以增加文章的氣勢，甚至在部分作品中取消了「騷體」的標幟——「兮」字的使用，這都使「騷」的秀麗，經其之手，而變為漢賦的長篇鋪敘、雄渾富麗。

本文

大夫登徒子侍於楚王，短宋玉曰：「玉為人體貌閑麗❶，口多微辭❷，又性好色，願王勿與出入後宮。」王以登徒子之言問宋玉。玉曰：「體貌閑麗，所受於天也。口多微辭，所學於師也。至於好色，臣無有也。」王曰：「子不好色，亦有說❸乎？有說則止，無說則退。」玉曰：「天下之佳人莫若楚國，楚國之麗者莫若臣里，臣里之美者莫若臣東家之子。東家之子，增之一分則太長，減之一分則太短；著粉則太白，施朱則太赤。眉如翠羽❹，肌如白雪，腰如束素❺，齒如含貝❻。嫣然❼一笑，惑陽城，迷下蔡❽。然此女登牆闚❾臣三年，至今未許也。登徒子則不然，其妻蓬頭攣❿耳，齞脣歷齒⓫。旁行踽僂⓬，又疿且痔。登徒子悅之，使有五子。王孰察[13]之，誰為好色者矣。」是時秦章華大夫[14]在側，因進而稱曰：「今夫宋玉盛稱鄰之女，以為美色。愚亂之邪臣[15]，自以為守德，謂不如彼[16]矣。且夫南楚窮巷之妾[17]，焉足為大王言乎？若臣之陋目所曾覩者，未敢云也。」王曰：「試為寡人說之。」大夫曰：「唯唯。」

「臣少曾遠遊，周覽九土[18]，足歷五都[19]，出咸陽[20]，熙邯鄲[21]，從容鄭衛溱洧之間[22]。是時向春之末，迎夏之陽[23]，鶬鶊喈喈[24]，群女出桑[25]。此郊之姝[26]，華色含光[27]，體美容冶[28]，不待飾裝。臣觀其麗者，因稱詩曰：『遵大路兮攬子袪[29]』，贈以芳華[30]辭甚妙。於是處子[31]怳若[32]有望而不來，忽若有來而不見。意密體疏[33]，俯仰異觀[34]。含喜微笑，竊視流眄[35]。復[36]稱詩曰：『寤春風兮發鮮榮[37]，絜齋俟兮惠音聲[38]，贈我如此[39]兮不如無生[40]。』因遷延[41]而辭避。蓋徒以微辭相感動，精神相依憑。目欲[42]其顏，心顧其義，揚詩[43]守禮，終不過差[44]。故足稱也。」於是楚王稱善，宋玉遂不退。

注釋

❶ **閑麗** 閑靜美麗。

❷ **微辭** 巧妙隱晦而含諷諫的話。

❸ **說** 解釋。

❹ **翠羽** 翡翠鳥青黑的羽毛。

❺ **腰如束素** 腰像一束絹那樣柔細。素，絹。

❻ **齒如含貝** 形容牙齒的光滑潔白。

❼ **嫣然** 形容笑容的甜美。

❽ **陽城、下蔡** 縣名，楚國貴族所居住的封邑。指當地的貴族公子。

❾ **闚** 同「窺」。

❿ **攣** 蜷曲。

⓫ **齞脣歷齒** 脣不包齒、牙齒稀疏。齞，牙齒外露，音ㄧㄢˇ。

⓬ **旁行踽僂** 走路歪歪斜斜的，又駝背。踽僂，音ㄐㄩˇ ㄌㄡˊ。

⓭ **孰察** 仔細考察。

⓮ **秦章華大夫** 章華，楚國地名。此人為楚人，在秦為官，出使到楚國來。

⑮ **愚亂之邪臣** 愚鈍昏亂邪僻的臣子。這是章華大夫的謙稱。

⑯ **彼** 指宋玉。

⑰ **南楚窮巷之妾** 指宋玉所說的東家之女。窮巷，偏僻小巷。

⑱ **九土** 九州之土。相傳古代中國分為九州。

⑲ **五都** 五方都會。泛指各繁華的城市。

⑳ **咸陽** 戰國時秦的國都，在今陝西。

㉑ **熙邯鄲** 熙，通「嬉ㄧ」，遊戲。邯鄲，戰國時趙的國都，在今河北。

㉒ **從容鄭衛溱洧之間** 從容，逗留。鄭衛，春秋時的兩個家。溱洧，鄭國境內人們常去遊玩的兩條河，音ㄓㄣ ㄨㄟˇ。

㉓ **迎夏之陽** 夏初時候。

㉔ **鶬鶊喈喈** 黃鶯和悅地鳴叫著。

㉕ **出桑** 出來採桑。

㉖ **姝** 美女，音ㄕㄨ。

㉗ **華色含光** 美色光采照人。

㉘ **冶** 美。

㉙**遵大路兮攬子袪** 沿大路而行啊，牽著你的衣袖。袪，衣袖，音ㄑㄩ。此句語出《詩經‧鄭風‧遵大路》：「遵大路兮，摻執子之袪兮。」

㉚**芳華** 芬芳的花朵。

㉛**處子** 未出嫁的女子。

㉜**怳若** 即「恍若」，好像。

㉝**意密體疏** 情意親密，但形體疏遠。

㉞**俯仰異觀** 低頭仰頸各有情態。

㉟**流眄** 目光流動傳情。眄，斜看，音ㄇㄧㄢˇ。

㊱**復** 回復。

㊲**寤春風兮發鮮榮** 春風吹拂使萬物甦醒啊，鮮花都盛開了。寤，覺醒。發，綻放。鮮榮，鮮花。

㊳**絜齋俟兮惠音聲** 整潔莊重地等待啊，等你給我佳音。絜，同「潔」。齋，矜莊。惠，賜給。

㊴**此** 指「遵大路兮」的詩句。

㊵**無生** 不要生在世上。指早知相愛之苦，不如無生。

㊶**遷延** 退卻。

㊷**欲** 愛慕。

㊸**揚詩** 賦詩。

㊹**過差** 越軌。

研析

此篇描寫極為傳神，東家女子的婀娜、雪白、標緻、甜美，恐怕任何人都要無法抗拒了。對登徒子之妻的形容，因為是一種誇飾的辯解，所以當這個無辜又倒楣的女人，被宋玉形容為集眾醜於一身，既駝背暴牙邋遢生瘡走路又歪斜的時候，直令人覺得滑稽好笑。而章華大夫口中那位絕色女子，連舉止都令人心醉，看她那愛慕又羞澀偷窺的眼神，以及那既依戀又含蓄的恍惚情意，又怎不令男人心池盪漾。

此篇又善用對比。以東家女子的美和登徒之妻的醜相互襯托；以宋玉對楚國絕色女子的毫不動心，凸顯登徒子飢不擇食的好色；又以一般男人對外在美色直接的衝動，襯托出纏綿情意對男人心神的搖盪。

正因為此篇在描寫上膾炙人口，而使得「登徒子」成為好色者的通稱。

至於「目欲其顏，心顧其義」，則正是宋玉在此篇中以故事隱語所呈顯的諷諭主旨。

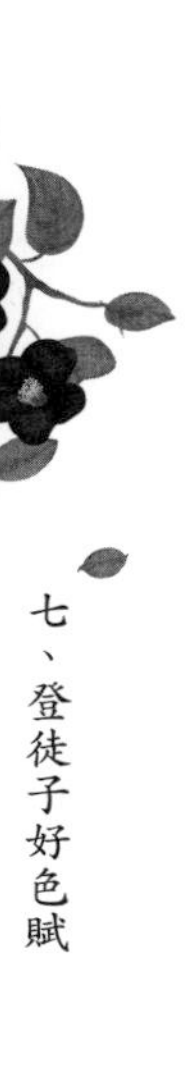

八、歸去來辭并序

陶淵明

題解

本篇選自《陶淵明集》，為淵明辭去彭澤令時所作。〈歸去來辭〉的「來」是語助詞，「辭」是文體名，屬抒情賦體。文前有序，記敘寫作原由。全文描述自己脫離官場、回到田園、尋回真實自我後的自在滿足。

作者

陶淵明，一名潛，字元亮，自稱五柳先生，世號靖節先生。潯陽柴桑（今江西九江西南）人，生於東晉哀帝興寧三年（西元三六五年），卒於南朝宋文帝元嘉四年（西元四二七年），年六十三。

淵明是晉名臣陶侃的曾孫，但到淵明時，陶家已沒落。從二十九歲，陸續做過江州祭酒、鎮軍參軍、建威參軍等小官，均因志趣不合，不久即離職。四十一歲任彭澤令，在職八十餘日，因「不能為五斗米折腰，拳拳事鄉里小人」而自免去職，作〈歸去來辭〉表明心志。此後躬耕田園，以終餘生。

淵明熱愛大自然，率真高潔，不矯揉做作。詩文直抒性情、質樸自然，表現出對真實自我的執著與追求。歸隱後的作品多反映田園生活，《詩品》稱他為「古今隱逸詩人之宗」，後人更譽為田園詩開山祖師。著有《陶淵明集》。

本文

余家貧，耕植不足以自給。幼稚盈室❶，缾❷無儲粟。生生所資❸，未見其術。親故多勸余為長吏❹，脫然有懷❺，求之靡途。會有四方之事❻，諸侯❼以惠愛為德；家叔❽以余貧苦，遂見用於小邑。於時風波未靜，心憚遠役。彭澤去家百里，公田❾之利，足以為酒，故便求之。及少日，眷然❿有歸與之情。何則？質性自然，非矯厲所得⓫；飢凍雖切，違己交病⓬。嘗從人事，皆口腹自役。於是悵然慷慨，深愧平生之志。猶望一稔，當斂裳宵逝⓭。尋程氏妹⓮喪于武昌，情在駿奔，自免去職。仲秋至冬，在官八十餘日。因事順心，命篇曰〈歸去來兮〉。乙巳歲⓯十一月也。

歸去來兮！田園將蕪，胡不歸？既自以心為形役⑯，奚惆悵而獨悲？悟已往之不諫⑰，知來者之可追；實迷途其未遠，覺今是而昨非。舟遙遙以輕颺⑱，風飄飄而吹衣。問征夫⑲以前路，恨晨光之熹微⑳。

乃瞻衡宇㉑，載㉒欣載奔。僮僕歡迎，稚子候門。三徑就荒㉓，松菊猶存。攜幼入室，有酒盈樽。引壺觴以自酌，眄㉔庭柯㉕以怡顏；倚南牕㉖以寄傲，審㉗容膝㉘之易安。園日涉以成趣，門雖設而常關。策扶老以流憩㉙，時矯首㉚而遐觀。雲無心以出岫㉛，鳥倦飛而知還。景㉜翳翳㉝以將入，撫孤松而盤桓㉞。

歸去來兮！請息交以絕遊。世與我而相遺，復駕言㉟兮焉求？悅親戚之情話㊱，樂琴書以消憂。農人告余以春及，將有事於西疇。或命巾車㊲，或棹㊳孤舟，既窈窕㊴以尋壑，亦崎嶇而經丘。木欣欣以向榮，泉涓涓而始流。善萬物之得時，感吾生之行㊵休。

已矣乎！寓形宇內41復幾時，曷不委心42任去留！胡為遑遑43欲何之？富貴非吾願，帝鄉44不可期。懷良辰以孤往，或植杖而耘耔45。登東皋46以舒嘯，臨清流而賦詩。聊乘化47以歸盡，樂夫天命復奚疑？

注釋

❶ **幼稚盈室** 當時淵明已有五子。
❷ **缾** 同「瓶」，淵明用來儲粟，可見其貧困。
❸ **生生所資** 維持生計所需用的。
❹ **長吏** 縣令或縣府中的高級官員，此泛指官吏。
❺ **脫然有懷** 心動地有此念頭。
❻ **四方之事** 指當時州郡間勢力的爭鬥。
❼ **諸侯** 指州郡長官。他們擁有地方軍政大權，各霸一方，有如古代諸侯。
❽ **家叔** 指陶弘，時為長沙公。一說指陶夔，時任太常卿，掌國家祭祀禮樂。
❾ **公田** 供俸祿的田。
❿ **眷然** 懷念。

⓫ **非矯厲所得** 不是矯揉勉強所能改變。

⓬ **交病** 更加痛苦。

⓭ **斂裳宵逝** 收拾行裝，連夜離開。

⓮ **程氏妹** 嫁到程家的妹妹。

⓯ **乙巳歲** 即東晉安帝義熙元年（西元四〇五年）。

⓰ **心為形役** 心志被形體所役使。

⓱ **諫** 勸止，挽回。

⓲ **舟遙遙以輕颺** 船兒搖搖盪盪輕快地前進。遙遙，同「搖搖」。颺，同「揚」。

⓳ **征夫** 行人。

⓴ **熹微** 微明。熹，同「熙」，光明。

㉑ **衡宇** 以橫木為門的房子，極言簡陋。

㉒ **載** 助詞，無義。

㉓ **三徑就荒** 園中小路漸趨荒蕪。

㉔ **眄** 閑看，音ㄇㄧㄢˇ。

㉕ **柯** 樹枝。

㉖ **牕** 同「窗」。

27 **審**　明白。

28 **容膝**　只能容納雙膝的狹小居處。

29 **策扶老以流憩**　拄著手杖隨處休息。

30 **矯首**　抬頭。

31 **岫**　有洞穴的山，此處泛指山巒，音ㄒㄧㄡˋ。

32 **景**　同「影」，日光。

33 **翳翳**　逐漸暗淡。

34 **盤桓**　徘徊。

35 **駕言**　駕車。言，助詞，無義。

36 **情話**　真心話。

37 **巾車**　有布篷的車。

38 **棹**　槳，此處作動詞，音ㄓㄠˋ。

39 **窈窕**　幽深。

40 **行**　將。

41 **寓形宇內**　寄託形體於天地間。

42 **委心**　隨心。

43 **遑遑** 心神不安。

44 **帝鄉** 仙鄉，仙境。

45 **耘耔** 除草培苗。

46 **皋** 高地，音ㄍㄠ。

47 **乘化** 隨著自然的變化。

研析

人的生命中，難免會有因環境而產生的束縛，難免會有不自在、不痛快的感覺，但如果這束縛是來自於自己，甚至使自己有如被繩網緊緊罩住、收束，想掙扎卻掙脫不了、不掙脫卻又透不過氣時，這自己和自己的對抗，是何其痛苦。唯有對症下藥，使自己不再成為自己的束縛來源，才能重享自由且平和滿足的生命的喜悅。〈歸去來辭〉全篇寫的就是這種感覺。當淵明「飢凍雖切，違己交病，嘗從人事，皆口腹自役」時，自我的衝突該是何等強烈，而當他「自免去職」後，又該是何等的豁然開朗、何等的順心自在。

在「辭」的第一段，淵明以一種來者可追的期許、迷途知返的慶幸、今是昨非的悔悟的心情告訴自己，不必再沉溺於過去自怨自艾中，在尋回自我以後，回家的心情是如此輕快與迫不及待。

回到了家，又是何等的歡欣滿足！望見家門，竟如孩童般雀躍；看見稚子在門口期待等候，父子相見的那一剎那，是多麼心動；牽著小孩子的小小手走入室內的感覺，是多溫馨；看見妻子早已體貼地備好了自己最鍾愛的酒，是多麼窩心。而看著猶存的「松菊」、盤桓地撫著「孤松」，又彷彿是很慶幸、憐惜地跟自己說：「陶淵明，你終於還在啊！」那種「我回到家了」的感覺，是多強烈。就天天在園中自得其樂、滿足地流憩遐觀吧！只想享受回家的感覺，也不想與人交遊，日子就在與親人的真心對待、與琴書的互相了解，以及與田園山水悠然有會於心的物我相契中，充實自在地渡過了。或者窈窕尋壑、崎嶇經丘，或者良辰孤往，植杖耘耔，或者東皋舒嘯、清流賦詩，這一生就順任自然地逍遙自在、享受自由且滿足的生命吧，夫復何求！

〈歸去來辭〉的「歸去」，不僅是「罷官」的歸去，也不僅是「返家」的歸去，而實在是「尋回了真實自我」的歸去。這就難怪歐陽脩曾說「晉無文章，惟陶淵明〈歸去來辭〉而已」了。

不過，當我們看到淵明引壺觴以「自」酌、懷良辰以「孤」往的單獨身影時，則仍不免有些遺憾，因為淵明與大自然雖互為知己，但淵明的人間知己卻是如此難尋。

九、秋聲賦

歐陽脩

題解

本篇為抒情賦，選自《歐陽文忠公集》卷十五，旨在借秋聲秋景的描寫，抒發其苦悶心情以及對人生、自然的感嘆。

賦，源起於《楚辭》，盛行於漢，魏晉以後相繼不絕，而體格各有變化，有短賦、古賦、俳賦、律賦、散賦之分別；本篇駢散兼行，以散為主，為散賦。

作者

歐陽脩，北宋廬陵人（今江西吉安），字永叔，自號醉翁，晚年更號「六一居士」，諡號文忠。生於真宗景德四年（西元一〇〇七年），卒於神宗熙寧五年（西元一〇七二年），享壽六十六。

脩四歲喪父，由母鄭氏親自授讀，仁宗天聖八年（西元一〇三〇年）中進士入仕。慶曆五年（西元一〇四五年）韓琦、富弼、范仲淹以直言相繼罷去，脩上疏陳諫，貶知滁州，在滁以詩酒自娛，因自號醉翁。

歐陽脩為北宋詩文革新運動領袖，主張「文以明道」，力排當日「時文」（駢體文），提倡平實樸素文風。其詩清新自然，詞亦清麗婉約，曾與宋祁合著《新唐書》，又獨自編纂《新五代史》，對文學、史學均有不凡的貢獻。

本文

歐陽子❶方夜讀書，聞有聲自西南來者，悚然❷而聽之，曰：「異哉！」初淅瀝❸以❹蕭颯❺，忽奔騰而砰湃，如波濤夜驚，風雨驟至。其觸於物也，鏦鏦錚錚，金鐵皆鳴；又如赴敵之兵，銜枚❻疾走，不聞號令，但聞人馬之行聲。余謂童子：「此何聲也？汝出視之。」童子曰：「星月皎潔，明河❼在天，四無人聲，聲在樹間。」

余曰：「噫嘻❽悲哉！此秋聲也，胡為而來哉？蓋夫秋之為狀也，其色慘淡，煙霏雲斂；其容清明，天高日晶❾；其氣慄冽❿，砭⓫人肌骨；其意蕭條，山川寂寥。故其為聲也，淒淒切切，呼號憤發。豐草綠縟⑫而爭茂，佳木蔥蘢而可悅；草拂之而色變，木遭之而葉脫。其所以摧敗零落者，乃其一氣之餘烈。

夫秋，刑官⑬也，於時為陰⑭；又兵象⑮也，於行用金⑯。是謂天地之義氣⑰，常以肅殺而為心。天之於物，春生秋實，故其在樂也，商聲⑱主西方之音⑲，夷則為七月之律⑳。商，傷也，物既老而悲傷；夷，戮也，物過盛而當殺。

嗟乎！草木無情，有時飄零；人為動物，惟物之靈。百憂感其心，萬事勞其形。有動於中㉑，必搖其精㉒。而況思其力之所不及，憂其智之所不能，宜其渥然丹者為槁木㉓，黟然黑者為星星㉔。奈何以非金石之質㉕，欲與草木而爭榮？念誰為之戕賊㉖，亦何恨乎秋聲。」

童子莫對，垂頭而睡。但聞四壁蟲聲唧唧，如助余之嘆息。

注釋

❶ **歐陽子** 作者自稱。

❷ **悚然** 驚駭貌。

❸ **淅瀝** 落葉聲。

❹ **以** 承接連詞，與「而」通。

❺ **蕭颯** 風聲。

❻ **銜枚** 枚狀如箸，兩端繫絲條，橫銜口中，古代用於行軍，以防喧囂。

❼ **明河** 銀河。

❽ **噫嘻** 嘆息聲。

❾ **晶** 光明。

❿ **慄冽** 清冷狀，音ㄌㄧˋ ㄌㄧㄝˋ。《詩．豳風．七月》：「二之日栗烈，無衣無褐，何以卒歲？」。

⓫ **砭** 古人用石針刺肌膚治病。此借作「刺」之意。

⓬ **縟縟** 草色茂盛。

⓭ **刑官** 《周禮》分六官：天、地、春、夏、秋、冬，秋官司寇掌刑法，故謂秋為刑官。

⓮ **於時為陰** 古人以為宇宙有陰陽兩氣，陽主生育，陰主肅殺，而春夏為陽，秋冬為陰。

⑮兵象 用兵之象。古代以秋治兵，《禮記》云「仲秋殺氣浸盛」，秋天於時為陰，主肅殺之氣，摧毀萬物。

⑯於行用金 行是五行，即是「木、火、土、金、水」，古人以五行為宇宙元素，秋屬金。

⑰天地之義氣 謂秋天象徵天地間的義氣。《管子‧形勢解》：「秋主義。」《禮記‧鄉飲酒義》：「天地嚴凝之氣，始於西南，而盛於西北，此天地之尊嚴氣也，此天地之義氣也。」

⑱商聲 五聲之一。五聲為宮、商、角、徵、羽。

⑲西方之音 古人以五聲配置四時，春為角，夏為徵，季夏為宮，秋為商，冬為羽。秋位於西方，故商聲主西方之音。

⑳夷則為七月之律 夷則為十二律之一。陰陽家以音的高低清濁象徵風雨陰陽變化，用十二律配置十二月，以占氣候。夷則配七月，《史記‧律書》：「七月也，律中夷則。」

㉑有動於中 有感動於心中。《史記‧樂書》：「人生而靜，天地性也，感於物而動。」

㉒必搖其精 耗損精神。

㉓渥然丹者為槁木 紅潤之面容忽焉枯槁。《詩經》：「顏如渥丹。」渥然，紅潤貌。

㉔黟然黑者為星星 烏黑頭髮忽焉斑白。

㉕金石之質 喻質地堅固如金石。

㉖戕賊 殺害毀壞。

研析

本篇寫於嘉祐四年（西元一〇五九），此時歐陽脩已進入晚年，雖身居高位，然於現實政治上不能有所作為，故流露出抑鬱、苦悶的心情。於是他將天地之秋比作人心之秋，將個人感懷融入秋聲之中，我們可在聲情並茂的秋天景致中，感受到他對人生喟嘆。全文音調和諧，富韻律之美，散發獨特藝術風格，因而受到後人高度評價。

首段，以比興手法寫無形秋聲，繪聲繪色，予人身歷其境之感，透過感官，彷彿真實領略秋的意境，至為巧妙。

接著以鋪陳的方式描寫秋的枯寂、蕭瑟，如慘淡、清明、慄冽、蕭條等詞彙，皆是點明秋色秋意，淋漓而盡致。再以流暢的筆觸，將秋比作「刑官」、「兵象」，更渲染秋的肅殺氣氛。

最後，筆鋒一轉，從景物之秋轉寫人物之秋，也道出了本文主旨，對人生有無限的感懷，紅顏枯槁，黑髮蒼白，無不與大自然的規律相吻合。更何況人易被情感與慾望摧殘，加速衰老，何必怨秋？此時但聞蟲聲唧唧，萬籟俱沉寂，胸中蘊藏澎湃的激情也漸漸平息。

作者以藝術的手法精巧構思，將情與景融合，使讀者獲得高度的美感饗宴。

十、養生主

莊子

題解

本篇選自《莊子》。旨在說明「心」落入「形」的拘執中的各種弊病，並主張以無所拘執的「虛」的心，順其自然地接觸萬物，以得到精神上的解脫與逍遙自在。「養生主」，即涵養生命主體，生命主體是指自然的天性，涵養天性在於養心——即涵養一顆無所拘執的「虛」的心。

作者

莊子，名周，戰國時宋國蒙（今河南邱縣東北）人。和孟子同時，約生於周顯王四年（西元前三六五年），卒於周赧王二十五年（西元前二九〇年），年七十六。

《史記》記載楚威王曾以厚禮請莊子做宰相，莊子卻對使者說：若像一隻牛，寧可在汙泥中嬉戲自在，也不願為了供祭祀之用而被朝廷照顧得無微不至。這正表現出莊子的性格。

《莊子》一書，分為內篇、外篇、雜篇，內篇共七篇，內容一貫、體系完整，是莊子自己的作品，旨在發揮老子順任自然、虛靜無為的思想，以追求心靈的閒適自由。莊子擅長以寓言故事表達人生的哲理，文筆恣肆，想像力極為豐富。至於外篇、雜篇，則非一人一時的作品，大抵在發揮內篇的思想，應是莊子後學所作。

本文

吾生也有涯❶，而知也无涯。以有涯隨❷无涯，殆❸已；已而為知❹者，殆而已矣。為善无近名❺，為惡无近刑。緣督以為經❻，可以保身，可以全生❼，可以養親，可以盡年❽。

庖丁❾為文惠君❿解牛，手之所觸，肩之所倚，足之所履，膝之所踦⓫，砉然嚮然⓬，奏刀騞然⓭，莫不中音⓮。合於〈桑林〉⓯之舞，乃中〈經首〉之會⓰。

文惠君曰：「譆17，善哉！技蓋至此乎？」

庖丁釋18刀對曰：「臣之所好者道19也，進乎技20矣。始臣之解牛之時，所見无非牛者。三年之後，未嘗見全牛也。方今之時，臣以神遇而不以目視21，官知止而神欲行22。依乎天理23，批大郤24，導大窾25，因其固然26。技經肯綮之未嘗27，而況大軱28乎！良庖歲更刀，割29也；族30庖月更刀，折31也。今臣之刀十九年矣，所解數千牛矣，而刀刃若新發於硎32。彼節者有閒33，而刀刃者无厚34；以无厚入有閒，恢恢乎35其遊刃必有餘地36矣，是以十九年而刀刃若新發於硎。雖然，每至於族37，吾見其難為，怵然為戒38，視為止39，行為遲40，動刀甚微，謋41然已解，如土委地42。提刀而立，為之四顧，為之躊躇滿志43，善44刀而藏之。」

文惠君曰：「善哉！吾聞庖丁之言，得養生焉。」

公文軒[45]見右師[46]而驚曰：「是何人也？惡乎介也[47]！天與，其人與[48]？」曰：「天也，非人也。天之生是使獨也，人之貌有與也[49]。以是知其天也，非人也。」

澤雉十步一啄，百步一飲，不蘄畜乎樊中[50]，神雖王[51]，不善也。

老聃[52]死，秦失[53]弔之，三號[54]而出。弟子[55]曰：「非夫子之友邪？」曰：「然。」「然則弔焉如此，可乎？」曰：「然。始也，吾以為其人也，而今非也[56]。向吾入而弔焉，有老者哭之，如哭其子；少者哭之，如哭其母。彼其所以會[57]之，必有不蘄[58]言而言，不蘄哭而哭者。是遁天倍情[59]，忘其所受[60]，古者謂之遁天之刑[61]。適[62]來，夫子時[63]也；適去，夫子順[64]也。安時處順[65]，哀樂不能入[66]也，古者謂是帝之縣解[67]。」

指窮於為薪[68]，火傳也，不知其盡也。

注釋

❶**涯**　水邊，指限度。

❷**隨**　追逐。

❸**殆**　疲困。

❹**已而為知**　既然如此卻仍追逐知識。已，既已如此。為，追逐。

❺**為善无近名**　為善不就是近乎求名。无，「無」的古字，無乃，不就是。

❻**緣督以為經**　循虛而行，以為常法。緣，順著。督，督脈，在身後中央，有位無形，故用以比喻中虛而無所偏倚、不執著於形上。

❼**生**　同「性」，天性。

❽**盡年**　過完自然所賦予的壽命。

❾**庖丁**　廚師。

❿**文惠君**　即梁惠王。戰國時魏國的國君，文侯之孫，武侯之子，名罃，惠為其謚號，在位五十二年（西元前三七〇—前三一九年）。曾於秦商鞅率師伐魏時，自安邑遷都至大梁，故稱梁惠王。

⓫**膝之所踦**　指解牛時一隻腳以膝蓋按壓著牛，另一隻腳支撐著身體。踦，單腳站立，音ㄑㄧˇ。

⓬**砉然嚮然**　皮骨剝離，發出砉然的聲響。砉，皮骨剝離的聲音，音ㄏㄨㄛˋ。嚮，同「響」。

⓭**奏刀騞然**　把刀子刺進去，發出騞然的聲音。奏，進，刺入。騞，刀子刺入軀體的聲音，音ㄏㄨㄛˋ。

⓮ **中音**　合於音節。中，音ㄓㄨㄥˋ。

⓯ **〈桑林〉**　〈桑林曲〉，商湯時的樂曲。

⓰ **中〈經首〉之會**　合於〈經首曲〉的和音。〈經首曲〉，堯時的樂曲。會，指和音。

⓱ **譆**　同「嘻」，驚嘆聲，音ㄒㄧ。

⓲ **釋**　放下。

⓳ **道**　最高境界的原理。

⓴ **進乎技**　超越技術層面。

㉑ **以神遇而不以目視**　以心神去接觸而不用眼睛去看。

㉒ **官知止而神欲行**　官能停止運作，而心神的作用開始運行。知，主掌，指官能平常在人與外物接觸過程中的主掌地位。欲，作用。

㉓ **天理**　牛體天然的肌理。

㉔ **批大郤**　切入大的空隙。郤，音ㄒㄧˋ。

㉕ **導大窾**　順著大的孔竅。窾，音ㄎㄨㄢˇ。

㉖ **因其固然**　依照牛體本然的構造。

㉗ **技經肯綮之未嘗**　經絡和筋肉都沒碰到。技，當作「枝」，同「支」，指支脈，中醫稱為絡。經，經脈。肯，附在骨上的肉。綮，筋與肉連接的部位，音ㄑㄧㄥˋ。

㉘ **軱**　大骨，音ㄍㄨ。

㉙ **割**　以刀割肉。

㉚ **族**　眾，一般。

㉛ **折**　以刀折骨。

㉜ **新發於硎**　剛從磨刀石上磨出來。新，剛才。發，磨出。硎，磨刀石，音ㄒㄧㄥˊ。

㉝ **彼節者有間**　牛的骨節有空隙。間，音ㄐㄧㄢˋ。

㉞ **无厚**　沒有厚度，形容極鋒利。

㉟ **恢恢乎**　寬廣的樣子。

㊱ **遊刃必有餘地**　遊動刀刃必有多餘的空間。

㊲ **族**　交錯聚結。

㊳ **怵然為戒**　驚懼地為之警惕。怵，音ㄔㄨˋ。

㊴ **視為止**　視覺為之凝止，指心神更加專注。

㊵ **行為遲**　行動為之緩慢。

㊶ **謋**　骨肉剝離的聲音，音ㄏㄨㄛˋ。

㊷ **委地**　置於地上。

㊸ **躊躇滿志**　從容自得，心滿意足。躊躇，音ㄔㄡˊ ㄔㄨˊ。

㊹ **善** 同「繕」，擦拭。

㊺ **公文軒** 複姓公文，單名軒，宋國人。

㊻ **右師** 官名，春秋時宋國所置。

㊼ **惡乎介也** 為何只有一隻腳呢？惡，為何，音ㄨ。介，斷足。也，通「耶」。

㊽ **天與，其人與** 是天生的呢？還是人為的呢？其，還是。與，同「歟」。

㊾ **人之貌有與也** 人的形貌是天所賦與的，指都是自然的。

㊿ **不蘄畜乎樊中** 不求養在籠子。蘄，通「期」，求，音ㄑㄧˊ。樊，關鳥獸的籠子。

51 **王** 同「旺」。

52 **老聃** 即老子，春秋楚國人，著有《老子》一書，為道家的鼻祖。

53 **秦失** 人名，事跡不詳。失，同「佚」。

54 **號** 放聲大哭，音ㄏㄠˊ。

55 **弟子** 老子的弟子。

56 **始也，吾以為其人也，而今非也** 起初我以為你們是老子的弟子，現在卻不這麼認為了。

57 **會** 指與死者心靈的相會。

58 **蘄** 預期。

59 **遁天倍情** 違離自然，背棄真情。遁，逃離。倍，通「背」。

60 **所受** 所稟受的自然的天性。

61 **遁天之刑** 因違離自然而受到的刑罰。

62 **適** 偶然。

63 **時** 自然地應時而來。

64 **順** 自然地順時而去。

65 **安時處順** 應時而來，安然接受；順時而去，坦然面對。

66 **入** 深入心中。

67 **帝之縣解** 自然地解除了倒吊的痛苦。帝，天，自然。縣，同「懸」，倒吊，指遁天之刑的痛苦如倒吊一般。

68 **指窮於為薪** 塗了油脂的木材是會燒完的。指，當作「脂」。窮，盡，燒完。

研析

讓自己和別人都能活得自在，而且活出「自己」，是非常可貴的。

在現實中，似乎總有多餘的束縛，綁住我們。許多人縱情於感官的享受，綁住了心靈；許多人號稱學者專家，卻常被自己的觀念綁住；也有許多人被社會的價值觀綁住而疲於奔命，或者不顧健康地塑身

美容，或者將外表視為擇偶的優先條件而忽略了心靈的交流，或者為了迎合社會的口味而捨棄了自己的興趣。甚至，也因此而要求別人，支配了別人的生命。

道家追求的就是自由的生命，必須避免落入「形」的拘執中。因為，形軀感官是「形」，知識、價值觀也是「形」，當我們一旦落入「形」中，則容易自我束縛、自我設限，而與人疏離，甚至因帶給人的壓力而產生衝突，此時所看到的萬物，不過是自己觀念下的萬物，並不是萬物本身。

本篇每一段都在破除「形」上的拘執：

第一段破除的是知識與價值觀的拘執。說明落入了知識的追逐與價值判斷中，則只是疲憊而已，實應「緣督以為經」，清虛自守。

第二段破除的是感官知覺的拘執。說明若能以直覺體悟，一切順應自然，則人我之間連小糾紛都沒有，更何況大衝突呢？一般人傷害本性，是因為拘執於形、不順任自然而產生衝突，若能保全清虛的本性，人、人、我之間遂圓融無礙。人間關係雖狀似複雜，但若心凝形釋地清虛照應，則可化複雜為簡單，得到精神上的滿足。〈庖丁解牛〉是莊子極著名的寓名，无厚的刀刃是比喻無所拘執的本性，牛則是比喻人間。

第三段破除的是形貌的拘執。說明一般人拘執形貌，而有好惡喜懼，不見人的本性，不知形貌均是自然的。

第四段破除的是形軀欲望的拘執。說明形軀欲望的滿足，比不上精神的逍遙。

第五段破除的是生死的拘執。說明一般人面對生、死，總有過多的喜、懼，其實這也是一種疲憊，並不是真性情的表現，若能了解生、死也只是自然而已，就不會有這種疲憊。

第六段破除的是形體的拘執。說明形體是有限的，精神是無限的。

東坡詞云：「長恨此身非我有，何時忘卻營營？」放眼社會，有多少人能像東坡一樣驚覺此身之非我所有呢？

十一、秦晉殽之戰

左傳

題解

本文選自《左傳》。春秋時，晉國在齊桓公之後奠定霸主地位的關鍵性戰役，前為對楚的城濮之戰，後為對秦的殽之戰。本文即敘述殽之戰的始末。殽，山名，在今河南省洛寧縣北，分東、西二殽，地勢奇險。

作者

《左傳》全名《左氏春秋傳》，相傳為左丘明所著，但其生平事蹟多不可考。《左傳》因依孔子《春秋》所撰，故其編年紀事，皆以魯史為中心，記載魯隱公元年至哀公二十七年（西元前七二二至前四六八年）各國間的歷史。

《左傳》文筆簡潔，敘事完整，善於描繪人物心理、性格，使形象鮮明生動，對後代散文家影響極大。

本文

燭之武退秦師

僖公三十年❶九月甲午，晉侯秦伯❷圍鄭。以其無禮於晉❸，且貳於楚❹也。晉軍函陵，秦軍氾南。

佚之狐❺言於鄭伯❻曰：「國危矣！若使燭之武❼見秦君，師必退。」公從之。辭曰：「臣之壯也，猶不如人，今老矣，無能為也已。」公曰：「吾不能早用子，今急而求子，是寡人之過也。然鄭亡，子亦有不利焉！」許之。夜縋❽而出。

見秦伯，曰：「秦、晉圍鄭，鄭既知亡矣。若亡鄭而有益於君，敢以煩執事❾。越國以鄙遠❿，君知其難也，焉用亡鄭以陪鄰⓫？鄰之厚，君之薄也。若舍鄭以為東道主⓬，行李⓭之往來，共其乏困，君亦無所害。且君嘗為晉君賜⓮

矣，許君焦瑕，朝濟而夕設版⑮焉，君之所知也。夫晉何厭之有？既東封鄭⑯，又欲肆⑰其西封；不闕⑱秦，焉取之？闕秦以利晉，唯君圖之。」秦伯說，與鄭人盟。使杞子、逢孫、楊孫⑲戍之，乃還。

子犯⑳請擊之。公曰：「不可，微夫人㉑之力不及此。因人之力而敝㉒之，不仁；失其所與㉓，不知；以亂易整㉔，不武。吾其還也。」亦去之。

蹇叔哭師

三十二年冬，晉文公卒。庚辰，將殯㉕於曲沃㉖；出絳㉗，柩有聲如牛。卜偃㉘使大夫拜，曰：「君命大事，將有西師過軼㉙我。擊之，必大捷焉。」

杞子自鄭使告於秦，曰：「鄭人使我掌其北門之管㉚，若潛師㉛以來，國可得也。」穆公訪諸蹇叔㉜。蹇叔曰：「勞師以襲遠，非所聞也。師勞力竭，遠主備之，無乃㉝不可乎？師之所為，鄭必知之；勤而無所㉞，必有悖心。且行

千里，其誰不知？」公辭焉。召孟明、西乞、白乙[35]，使出師於東門之外。蹇叔哭之，曰：「孟子[36]，吾見師之出，而不見其入也！」公使謂之曰：「爾何知？中壽，爾墓之木拱矣[37]。」

蹇叔之子與師，哭而送之，曰：「晉人禦師必於殽。殽有二陵焉：其南陵，夏后皋[38]之墓也；其北陵，文王[39]之所辟[40]風雨也。必死是間，余收爾骨焉。」秦師遂東。

弦高犒師

三十三年春，秦師過周北門[41]，左右免冑而下[42]，超乘[43]者三百乘。王孫滿[44]尚幼，觀之，言於王曰：「秦師輕[45]而無禮，必敗。輕則寡謀，無禮則脫[46]；入險而脫，又不能謀，能無敗乎？」

及滑[47]，鄭商人弦高，將市於周，遇之，以乘韋先牛十二[48]犒師，曰：「寡君聞吾子將步師[49]出於敝邑，敢犒從者。不腆[50]敝邑，為從者之淹[51]，居則具一日之積[52]，行[53]則備一夕之衛。」且使遽告於鄭。

鄭穆公使視客館[54]，則束載厲兵秣馬[55]矣。使皇武子[56]辭焉，曰：「吾子淹久於敝邑，唯是脯資餼牽[57]竭矣。為吾子之將行也，鄭之有原圃[58]，猶秦之有具囿[59]也；吾子取其麋鹿，以閒[60]敝邑，若何？」杞子奔齊，逢孫、楊孫奔宋。孟明曰：「鄭有備矣，不可冀也。攻之不克，圍之不繼[61]。吾其還也。」滅滑而還。

晉敗秦師於殽

晉原軫[62]曰：「秦違蹇叔而以貪勤民，天奉[63]我也。奉不可失，敵不可縱；縱敵患生，違天不祥。必伐秦師。」欒枝[64]曰：「未報秦施[65]而伐其師，其為死君乎[66]？」先軫曰：「秦不哀吾喪，而伐吾同姓[67]，秦則無禮，何施之為？吾聞之：一日縱敵，數世之患也。謀及子孫，可謂死君乎？」遂發命，遽興姜戎[68]。子墨衰經[69]，梁弘[70]御戎[71]，萊駒[72]為右[73]。夏四月辛巳，敗秦師於殽，獲百里孟明視、西乞術、白乙丙以歸。遂墨[74]以葬文公。晉於是始墨。

文嬴[75]請[76]三帥曰：「彼實構[77]吾二君，寡君若得而食之，不厭；君何辱討[78]焉？使歸就戮於秦，以逞[79]寡君之志，若何？」公許之。先軫朝。問秦囚。公曰：「夫人請之，吾舍之矣。」先軫怒曰：「武夫力而拘諸原[80]，婦人暫而免諸國[81]。墮軍實[82]而長寇讎，亡無日矣！」不顧[83]而唾。公使陽處父[84]追之。及諸河，則在舟中矣。釋左驂[85]以公命贈孟明。孟明稽首曰：「君之惠，不以纍臣釁鼓[86]，使歸就戮於秦。寡君之以為戮，死且不朽[87]；若從君惠而免之，三年將拜[88]君賜。」

秦伯素服郊次[89]，鄉[90]師而哭，曰：「孤違蹇叔，以辱二三子，孤之罪也。」不替[91]孟明。「孤之過也。大夫何罪？且吾不以一眚[92]掩大德！」

注釋

❶ **僖公三十年** 魯僖公三十年，即周襄王二十一年、晉文公七年、秦穆公三十年、鄭文公四十三年，西元前六三〇年。

❷ **晉侯秦伯** 指晉文公、秦穆公，皆春秋五霸之一。

❸ **無禮於晉** 指晉文公重耳在驪姬之亂時出亡經過鄭國，鄭文公不加以禮遇的事。

❹ **貳於楚** 對晉有二心，親近楚國。指城濮之戰，鄭國助楚攻晉的事。

❺ **佚之狐** 鄭大夫。

❻ **鄭伯** 鄭文公。

❼ **燭之武** 鄭大夫。

❽ **縋** 用繩子綁住往下墜，音ㄓㄨㄟˋ。

❾ **執事** 辦事的人，此指秦伯。

❿ **鄙遠** 把遠地當作邊境。鄙，邊境，此處作動詞。

⓫ **陪** 增加。

⓬ **東道主** 東方道上的主人。

⓭ **行李** 行人之官，即使者。李，通「理」。

⓮ **嘗為晉君賜** 曾對晉惠公有恩。指秦穆公在晉驪姬之亂時，曾接待晉惠公夷吾入秦，再送夷吾返晉為君的事。

⓯ **朝濟而夕設版** 早晨渡河歸國，黃昏時就設版築牆，防秦接收。

⓰ **封鄭** 以鄭為疆界。封，疆界，此處作動詞。

⓱ **肆** 擴張。

⓲ **闕** 通「缺」，損害。

⓳ **杞子、逢孫、楊孫** 三人皆秦大夫。

⓴ **子犯** 晉大夫，晉文公的舅舅。

㉑ **夫人** 那個人，指秦穆公。

㉒ **敝** 傷害。

㉓ **與** 同伴，盟國。

㉔ **以亂易整** 用衝突代替合作。

㉕ **殯** 停棺待葬。春秋禮制，人死後先停棺於祖廟，再擇吉日下葬。

㉖ **曲沃** 晉祖廟所在地。

㉗ **絳** 晉國都。

㉘ **卜偃** 晉大夫，掌卜筮。

㉙ **軼** 越過。

㉚ **管** 鎖鑰。

㉛ **潛師** 祕密出兵。

㉜ **蹇叔** 秦大夫。

㉝ **無乃** 恐怕。

㉞ **勤而無所** 勞苦而無所得。

㉟ **孟明、西乞、白乙** 三人皆秦大夫。

㊱ **孟子** 指孟明。子，男子的美稱。

㊲ **中壽，爾墓之木拱矣** 你如果只活到中壽，那你墳上種的樹現在也可兩手合抱了。中壽，六十歲。

㊳ **夏后皋** 夏朝君主，名皋，桀的祖父。

㊴ **文王** 周文王。

㊵ **辟** 同「避」。

41 **周北門** 周王都北門。

42 **左右免冑而下** 兵車上左右的戰士脫下頭盔，下車步行。

43 **超乘** 一下車又跳上車。超，跳。

44 **王孫滿** 周襄王孫。

45 **輕** 輕慢。過天子都門，應收起盔甲兵器，步行通過，以示尊敬，而秦軍僅免冑，且又超乘，相當輕慢無禮。

46 **脫** 粗心。

47 **滑** 姬姓小國。

48 **以乘韋先牛十二** 先以四張熟牛皮，再以十二頭牛。乘，古時一車四馬，故以「乘」代表「四」。韋，熟牛皮。先，在……之先。古人送禮有先後，先者輕，後者重。

49 **步師** 行軍。

50 **腆** 富厚，音ㄊㄧㄢˇ。

51 **淹** 久留。指秦軍在外日久。

52 **居則具一日之積** 停留幾天則準備每日所需的物資。

53 **行** 過一夜就走。

54 **客館** 招待外賓的住所。指秦三位大夫戍鄭的住所。

55 束載厲兵秣馬　捆好行李、磨利兵器、餵飽馬匹。

56 皇武子　鄭大夫。

57 脯資餼牽　肉乾、穀物、已殺的牲畜、未殺的牲畜，統指食物。餼，音ㄒㄧˋ。

58 原圃　鄭畜養禽獸的獵苑。

59 具囿　秦畜養禽獸的獵苑。

60 閒　輕閒，此處作動詞。

61 繼　後援。

62 原軫　晉大夫，即下文「先軫」，因采邑於原，故稱原軫，軫，音ㄓㄣˇ。

63 奉　賜。

64 欒枝　晉大夫。

65 施　恩惠。

66 其為死君乎　難道是先君已死了的緣故嗎？指原軫背棄晉文公不打秦國的主張。

67 同姓　指滑國。滑與晉皆姬姓。

68 遽興姜戎　迅速徵調姜姓戎族。

69 子墨衰絰　晉襄公染黑白色喪服。子，指晉襄公，因文公未葬，故稱子。墨，動詞，染黑。衰，同「縗」，白色喪服，音ㄘㄨㄟ。絰，繫在頭部或腰部的痲帶，音ㄉㄧㄝˊ。

70 **梁弘** 晉大夫。
71 **戎** 兵軍。
72 **萊駒** 晉大夫。
73 **右** 車右武士。
74 **墨** 穿黑色喪服。
75 **文嬴** 秦穆公的女兒，晉文公的夫人，晉襄公的嫡母。秦為嬴姓，因嫁文公，故稱文嬴。
76 **請** 求情。
77 **構** 挑撥離間。
78 **討** 懲罰。
79 **逞** 滿足。
80 **原** 戰場。
81 **婦人暫而免諸國** 因為女人簡短幾句話就將秦囚從都城中放走。
82 **墮軍實** 毀損戰果。墮，同「隳」，音ㄏㄨㄟ。
83 **不顧** 當面。顧，回頭。
84 **陽處父** 晉大夫。
85 **驂** 古代用四匹馬駕車，兩邊的馬稱驂。

86 **不以纍臣釁鼓** 不因我們是俘虜就殺了我們。纍臣，被俘之臣。釁鼓，取血塗鼓。古代新製成重要器物，都殺牲塗血而祭，稱為釁，這裡是處死的意思。

87 **死且不朽** 此身雖死，也不忘恩德。

88 **拜** 拜領。

89 **郊次** 郊外。

90 **鄉** 通「向」。

91 **替** 換掉。

92 **眚** 眼翳病，此指過失，音ㄕㄥˇ。

研析

燭之武退秦師

晉文公、秦穆公都是春秋五霸之一，此次鄭國被晉、秦合攻的危急窘迫，在「晉軍函陵，秦軍氾南」的北、南夾攻形勢中，是更為凸顯。

焦急的鄭文公，面對燭之武的埋怨與推辭，該是多麼緊張，但終究是有求於人，只好先低聲下氣地向他道歉、滿足他的心理，但接著話鋒一轉：「然鄭亡，子亦有不利焉」，以利害驅使燭之武答應，同時也保住了做為國君的顏面。

當燭之武對秦穆公說「鄭既知亡矣」時，姿態是何等的低，彷彿將有求於秦，但話鋒一轉「若亡鄭而有益於君，敢以煩執事」，姿態甚高，又彷彿不畏強秦，另有所恃，是令秦穆公相當錯愕，引其好奇心、想一窺究竟。而此時的燭之武是極度危險，若接下來的說辭不具分量，則有玩弄秦穆公之嫌。幸好燭之武馬上就說之以利害、誘之以小利，激化秦、晉勢力消長的強權衝突，正中秦穆公東進的野心。接著又煽動地挑起秦、晉的宿怨，促使秦穆公回憶晉國從前過河拆橋之迅速，以及忘恩負義防秦如防賊的情形。在如此層層敘述了客觀事實，使秦穆公順著燭之武的說辭盤算之後，即使燭之武接著較主觀地對晉國下了一個貪而無厭、勢必接著吞秦的判斷，秦穆公也容易信以為真了。因此使秦軍不能僅是撤退，而必須反倒助鄭防晉。

秦本助晉攻鄭，如今反倒助鄭防晉，豈不是擺了晉國一道？這就難怪原本在重耳流亡時居於輔佐地位、引導重耳成熟穩健的子犯，這時也沉不住氣、想直接攻秦了。然而重耳卻相當冷靜，從道義、戰略二方面思考，不便與秦為敵而撤兵了。此段從子犯的激動與晉文公的冷靜對比下，強烈地凸顯出秦國對晉國的不義，以及晉文公為五霸之一的氣度。

蹇叔哭師

晉文公撤兵之後，鄭國雖是解除了當頭的危機，可是卻使秦國的大夫得以掌管鄭國北門的鎖鑰，這又使秦穆公貪念再起。穆公詢問蹇叔有關偷襲鄭國、裡應外合的意見，不料被蹇叔潑了盆冷水，直言

「非所聞也」，簡直就是荒謬，不但會徒勞無功，也予晉國以可乘之機，「且行千里，其誰不知」。在穆公一意孤行後，蹇叔對著孟明哭喊「吾見師之出，而不見其入也」，這話是既不吉利，又重又刺耳，但也正可見蹇叔的忠心耿耿、在無法挽回下聲嘶力竭的悲痛。然而秦穆公也惱羞成怒了，竟然咒罵蹇叔早該去死了，完全失去了做國君的儀度。

蹇叔的哭送兒子，既不忍不捨又無可奈何無法改變，在悲痛中，還得強自鎮定地告訴兒子殽山的地理形勢，告訴他：不要連死在那裡都不知道啊！這種眼睜睜看著兒子送死的心情多麼不堪，而那一句「余收爾骨焉」，又帶有多少白髮人送黑髮人的悲痛。

反觀晉國，掌管卜筮的卜偃預知秦的行動，藉著已死的晉文公以及鬼神的威勢，下達擊秦的指示。晉國正如蹇叔所言，正虎視眈眈呢！

弦高犒師

首段藉由王孫滿的觀感，對比秦軍輕慢的程度，連小孩子都能推測秦軍失敗的下場。

二段寫弦高的愛國與機智，在他的鎮定中，正可反觀秦軍事機敗露後的窘態與心虛，尤其是「行則備一夕之衛」這句笑裡藏刀的話，表面上像是保護，實際上卻是圍守，足使秦軍有不寒而慄、無法掌握未來情勢的恐懼。

在鄭國國內，原本已做好接應準備的秦大夫，面對皇武子的假裝前來送行，豈不心虛恐懼？特別是聽見皇武子佯若無事卻笑裡藏刀的邀其打獵，那豈不是危在旦夕、性命不保了？因為打獵究竟是獵麋鹿，還是獵人頭呢？這就難怪他們被嚇得趕緊逃出了鄭國。

但秦軍在這過程中，直可以「貪」字形容。昔日與晉圍鄭，是貪；不顧後果地偷襲鄭國，是貪；無法得逞後，不甘兩手空空地回去而滅了滑國，也是貪。就因為貪，而使晉國有了攻打秦軍的藉口。

晉敗秦師於殽

從原軫呼秦為「敵」、視伐秦為「天意」的斬釘截鐵的主張，以及回答欒枝時針鋒相對的氣憤，可見原軫把握機會伐秦的強烈心情。

晉國徵調外族伐秦，以及晉襄公不但穿著喪服親自出征，甚且把喪服染黑，強烈激勵悲憤的士氣，也在在顯現出伐秦一舉而下的決心。而徒勞無功、士氣低落的秦軍，進入天險殽山時，面對這樣的晉軍，又怎能不敗。

當原軫得知虜獲的秦將領竟被釋放，直呼文嬴為「婦人」、直言晉國「亡無日矣」，並且當著國君的面吐口水，可見原軫真是氣到了極點，但也正表現原軫為國之忠。

陽處父急中生智「釋左驂以公命贈孟明」，想誘騙秦將領回來，但鳥已出籠、如何誘回？而孟明的回答，表面上感謝，實則三年後將來報仇，其戰敗不服之心也隱然可見。

秦穆公至此，也才終於明白自己的剛愎自用造成了子弟兵的慘重犧牲，當他素服郊次迎三帥的時候，心情是何其內咎、何其沉痛。

從〈秦晉殽之戰〉，即可見《左傳》在簡潔的文筆中，不但敘事完整，並且善於刻畫各種人物在應對下的心理、性格，使人物形象鮮明、躍然紙上，在我們閱讀時，彷彿可見一幕幕的劇情，正生動、緊湊地演出呢！

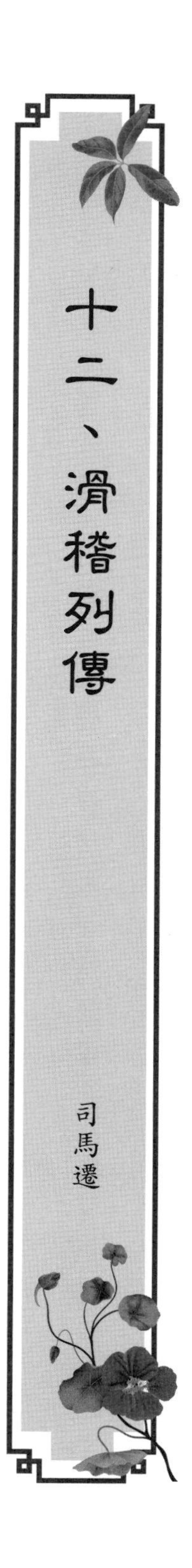

十二、滑稽列傳

司馬遷

題解

本篇選自《史記》。滑稽，本是注酒器，旋轉樞紐而注酒不已，引申為言辭流利、思維敏捷乃至於詼諧幽默的意思。《史記・太史公自序》曰：「不流世俗，不爭勢利，上下無所凝滯，人莫之害，以道之用。作〈滑稽列傳〉。」此篇主旨正是頌揚淳于髡、優孟、優旃一類滑稽人物「不流世俗，不爭勢利」的可貴精神，及其「談言微中，亦可以解紛」的諷諫才能。

作者

司馬遷，字子長，西漢左馮翊夏陽（今陝西韓城）人。生於景帝中元五年（西元前一四五年），約卒於昭帝始元元年（西元前八六年），年約六十。

他的父親司馬談，在武帝時任太史令，掌管國家圖書檔案及天文曆算。司馬遷三十八歲時繼承父親的職務，參加了改訂曆法的工作，完成太初曆的訂立，這是中國曆學上的一大改革。此外，他遵照父親的遺訓，編著史書，但天漢二年（西元前九九年）時，名將李陵與匈奴激戰後兵敗投降，司馬遷為李陵辯護而怒觸了漢武帝，被下獄治罪，因無錢贖罪而在第二年被處以腐刑，天漢五年出獄後忍辱著述，經過十多年而完成《史記》，從黃帝記載到漢武帝，是中國第一部紀傳體的史書。

司馬遷撰寫《史記》，注重內容的真實性，將他至全國各地考察所得的見聞與文獻史料做一結合；並且擅長用通俗流暢、生動活潑的文字，表述事件的經過、描寫人物的形象，寓褒貶於敘事中，而有著個人的感慨與體會。這些對後代史學與文學的影響都非常深遠。

本文

孔子曰：「六藝於治一也❶。《禮》以節人❷，《樂》以發和❸，《書》以道事❹，《詩》以達意❺，《易》以神化❻，《春秋》以義❼。」太史公曰：天道恢恢❽，豈不大哉！談言微中❾，亦可以解紛。

淳于髡❿者，齊之贅婿也。長不滿七尺。滑稽多辯，數使諸侯，未嘗屈辱。齊威王之時喜隱⓫，好為淫⓬樂長夜之飲，沉湎⓭不治，委政卿大夫。百官荒亂，諸侯並侵，國且危亡，在於旦暮。左右莫敢諫。淳于髡說之以隱曰：「國中有大鳥，止王之庭，三年不蜚[14]，又不鳴，王知此鳥何也？」王曰：「此鳥不飛則已，一飛衝天；不鳴則已，一鳴驚人。」於是乃朝[15]諸縣令長七十二人，賞一人，誅一人，奮兵而出。諸侯振驚，皆還齊侵地。威行三十六年。語在〈田完世家〉[16]中。

威王八年，楚大發兵加[17]齊。齊王使淳于髡之趙請救兵，齎[18]金百斤，車馬十駟。淳于髡仰天大笑，冠纓索絕[19]。王曰：「先生少之乎？」髡曰：「何敢！」王曰：「笑豈有說乎？」髡曰：「今者臣從東方來，見道旁有禳[20]田者，操一豚[21]蹄，酒一盂[22]，祝[23]曰：『甌窶滿篝[24]，汙邪滿車[25]，五穀蕃[26]熟，穰穰[27]滿家。』臣見其所持者狹而所欲者奢，故笑之。」於是齊威王乃益賫[28]黃金千鎰[29]，白璧十雙，車馬百駟。髡辭而行，至趙。趙王與之精兵十萬，革車[30]千乘。楚聞之，夜引兵而去。

威王大說，置酒後宮，召髡賜之酒，問曰：「先生能飲幾何而醉？」對曰：「臣飲一斗亦醉，一石[31]亦醉。」威王曰：「先生飲一斗而醉，惡[32]能飲一石哉！其說可得聞乎？」髡曰：「賜酒大王之前，執法在傍，御史在後，髡恐懼俯伏而飲，不過一斗徑[33]醉矣。若親有嚴客[34]，髡帣韝鞠𦝫[35]，侍酒於前，時賜餘瀝[36]，奉觴上壽[37]，數起，飲不過二斗徑醉矣。若朋友交遊，久不相見，卒然相睹，歡然道故，私情相語，飲可五六斗徑醉矣。若乃州閭[38]之會，男女雜坐，行酒稽留，六博投壺[39]，相引為曹[40]，握手無罰，目眙[41]不禁，前有墮珥[42]，後有遺簪，髡竊樂此，飲可八斗而醉二參[43]。日暮酒闌[44]，合尊促坐[45]，男女同席，履舄[46]交錯，杯盤狼藉，堂上燭滅，主人留髡而送客，羅襦[47]襟解，微聞薌澤[48]，當此之時，髡心最歡，能飲一石。故曰：酒極則亂，樂極則悲，萬事盡然。」言不可極，極之而衰，以諷諫焉。齊王曰：「善！」乃罷長夜之飲，以髡為諸侯主客。宗室[49]置酒，髡嘗在側。

其後百餘年，楚有優孟50。

優孟，故楚之樂人也。長八尺。多辯，常以談笑諷諫。楚莊王之時，有所愛馬，衣以文繡，置之華屋之下，席以露床51，啗以棗脯52。馬病肥死，使群臣喪之，欲以棺槨大夫禮葬之。左右爭之，以為不可。王下令曰：「有敢以馬諫者，罪至死。」優孟聞之，入殿門，仰天大哭。王驚而問其故。優孟曰：「馬者王之所愛也，以楚國堂堂之大，何求不得，而以大夫禮葬之，薄。請以人君禮葬之。」王曰：「何如？」對曰：「臣請以彫玉為棺，文梓為椁53，楩、楓、豫、章為題湊54，發甲卒為穿壙55，老弱負土56，齊趙陪位於前57，韓魏翼衛其後58，廟食太牢59，奉以萬戶之邑60。諸侯聞之，皆知大王賤人而貴馬也。」王曰：「寡人之過一至此乎？為之奈何？」優孟曰：「請為大王六畜葬之。以壠竈61為椁，銅歷62為棺，齎以薑棗，薦以木蘭63，祭以糧稻，衣以火光，葬之於人腹腸。」於是王乃使以馬屬太官64，無令天下久聞也。

楚相孫叔敖知其賢人也，善待之。病且死，屬其子曰：「我死，汝必貧困。若往見優孟，言我孫叔敖之子也。」居數年，其子窮困負薪㊶，逢優孟，與言曰：「我，孫叔敖之子也。父且死時，屬我貧困往見優孟。」優孟曰：「若無遠有所之㊷。」即為孫叔敖衣冠，抵掌談語㊸，歲餘，像孫叔敖，楚王及左右不能別也。莊王置酒，優孟前為壽。莊王大驚，以為孫叔敖復生也，欲以為相。優孟曰：「請歸與婦計之，三日而為相。」莊王許之。三日後，優孟復來，王曰：「婦言謂何？」孟曰：「婦言慎無為，楚相不足為也。如孫叔敖之為楚相，盡忠為廉以治楚，楚王得以霸。今死，其子無立錐之地㊹，貧困負薪以自飲食。必如孫叔敖，不如自殺。」因歌曰：「山居耕田苦，難以得食。起而為吏，身貪鄙者餘財，不顧恥辱。身死家室富，又恐受賕㊺枉法，為姦觸大罪，身死而家滅。貪吏安可為也！念為廉吏，奉法守職，竟死不敢為非。廉吏安可為也！楚相孫叔敖持廉至死，方今妻子窮困負薪而食，不足為也！」於是莊王謝優孟，乃召孫叔敖子，封之寢丘[70]四百戶，以奉其祀[71]。後十世不絕。此知可以言時矣[72]。

其後二百餘年，秦有優旃。

優旃者，秦倡[73]侏儒也。善為笑言，然合於大道。秦始皇時，置酒而天雨，陛楯者[74]皆沾寒。優旃見而哀之，謂之曰：「汝欲休乎！」陛楯者皆曰：「幸甚！」優旃曰：「我即[75]呼汝，汝疾應曰：『諾。』」居有頃，殿上上壽呼萬歲。優旃臨檻大呼曰：「陛楯郎。」郎曰：「諾。」優旃曰：「汝雖長，何益！幸雨立，我雖短也，幸休居。」於是始皇使陛楯者得半相代[76]。

始皇嘗議欲大苑囿[77]，東至函谷關，西至雍、陳倉。優旃曰：「善。多縱禽獸於其中，寇從東方來，令麋鹿觸之足矣。」始皇以故輟止。

二世立，又欲漆其城。優旃曰：「善。主上雖無言，臣固將請之。漆城雖於百姓愁費，然佳哉！漆城蕩蕩78，寇來不能上。即欲就之79，易為漆耳，顧難為蔭室80。」於是二世笑之，以其故止。居無何，二世殺死，優旃歸漢，數年而卒。

太史公曰：淳于髡仰天大笑，齊威王橫行。優孟搖頭而歌，負薪者以封。優旃臨檻疾呼，陛楯得以半更。豈不亦偉哉。

注釋

❶ **六藝於治一也**　六經對於治理國家，都是有用的。六藝，即六經，《禮》、《樂》、《書》、《詩》、《易》、《春秋》。

❷ **節人**　節制人的行為。

❸ **發和**　感發和諧的心情。

❹ **道事**　記述歷史事實。

❺ **達意**　表達情意。

❻ **神化**　體會事物變化的奧祕。

❼ **義**　闡明正義。

❽ **天道恢恢**　自然法則廣大無邊。

❾ **談言微中**　談話隱微而切中事理。微，隱微，不直接勸說，而以迂迴的方式暗示。

❿ **淳于髡**　人名，複姓淳于，單名髡。髡，音ㄎㄨㄣ。

⓫ **隱**　隱微的話。

⓬ **淫**　過度。

⓭ **湎**　沉迷於酒中，音ㄇㄧㄢˇ。

⓮ **蜚**　通「飛」。

⓯ **朝**　朝見。

⓰ **〈田完世家〉**　〈田敬仲完世家〉，在《史記》四十六卷。

⓱ **加**　侵。

⓲ **齎**　贈送，音ㄐㄧ。

⓳ **冠纓索絕**　帽帶全斷了。纓，繫帽用的帶子。索，全部。

⓴ **禳**　消災求福的祭神活動，音ㄖㄤˊ。

㉑ **豚**　小豬。

㉒ **酒一盂**　指一杯酒。盂，容器。

㉓ **祝**　祈禱。

㉔ **甌窶滿篝**　高地的收穫裝滿籠筐。甌窶，高而狹的地方，音ㄡ ㄌㄡˊ。篝，籠筐，音ㄍㄡ。

㉕ **汙邪滿車**　低地的收穫裝滿車子。汙邪，低窪傾斜的地方。邪，通「斜」。

㉖ **蕃**　茂盛，音ㄈㄢˊ。

㉗ **穰穰**　禾穀豐收的樣子。穰，音ㄖㄤˊ。

㉘ **賫**　同「齎」，給予，音ㄐㄧ。

㉙ **鎰**　古代重量單位，二十四兩為一鎰。

㉚ **革車**　兵車。

㉛ **石**　容量單位，一石十斗，一斗十升，音ㄉㄢˋ。

㉜ **惡**　何，音ㄨ。

㉝ **徑**　直，就。

㉞ **嚴客**　貴客。

㉟ **帣韝鞠䠷**　捲起袖子，彎腰跪著。帣，同「卷」、「捲」。韝，袖子，音ㄍㄡ。䠷，通「跽」，跪，音ㄐㄧˋ。

㊱ **餘瀝** 剩酒。

㊲ **奉觴上壽** 捧杯敬酒。奉，同「捧」。上壽，敬酒祝壽。

㊳ **州閭** 鄰里。

㊴ **六博投壺** 六博，古代一種賭棋遊戲，共十二子，黑白各半，兩人各執六子。投壺，古代流行於士大夫間的一種遊戲，用短籤投入酒壺口，以投入多少決勝負。

㊵ **曹** 伴。

㊶ **眙** 久視，音ㄔˋ。

㊷ **珥** 耳環。

㊸ **參** 三。

㊹ **闌** 盡。

㊺ **合尊促坐** 同杯而飲，相依而坐。尊，同「樽」，酒杯。促，近。

㊻ **舄** 木屐，音ㄒㄧˋ。

㊼ **羅襦** 絲質的上衣。

㊽ **薌澤** 香汗。薌，通「香」。

㊾ **宗室** 王室貴族。

㊿ **優孟** 優，演戲或歌唱、演奏的人。孟，是字或名。

51 **露床**　沒有帳幔的大床。

52 **啗以棗脯**　餵以棗乾。啗，餵食，音ㄉㄢˋ。脯，肉乾，此指棗乾，音ㄈㄨˇ。

53 **文梓為椁**　用雕了花紋的梓木做外棺。椁，同「槨」，外棺，音ㄍㄨㄛˇ。

54 **楩、楓、豫、章為題湊**　楩、楓、豫、章，皆良木。楩，音ㄆㄧㄢˊ。題湊，棺、槨前後兩端，用木頭累積製成的部分。

55 **穿壙**　挖掘墓穴。

56 **負土**　背土築墳。

57 **齊趙陪位於前**　令齊趙的使者陪立在前。

58 **韓魏翼衛其後**　令韓魏的使者護衛在後。

59 **廟食太牢**　為死馬立廟，以太牢之禮祭祀。太牢，牛、羊、豬各一頭，是最高的祭禮。

60 **奉以萬戶之邑**　給予萬戶的封地，以供祭祀所需的費用。奉，同「俸」。

61 **壠竈**　用土堆成的竈。

62 **歷**　通「鬲」，大銅鍋。

63 **薦以木蘭**　薦，墊。木蘭，香料。

64 **太官**　官名，主管天子飲食。

65 **負薪**　背柴販賣。

❻❻ **若無遠有所之** 你不要遠行。若，你。之，往。

❻❼ **抵掌談語** 指摹倣孫叔敖的言談舉止。抵，拍。

❻❽ **無立錐之地** 形容極為貧困，連插一鐵錐的土地都沒有。

❻❾ **賕** 賄賂，音ㄑㄧㄡˊ。

❼⓿ **寢丘** 地名，在今河南固始縣。

❼❶ **奉其祀** 供他祭祀先人之用。

❼❷ **此知可以言時矣** 這種智慧可以說得上是善於掌握時機了。

❼❸ **倡** 倡優，表演歌舞的人。

❼❹ **陛楯者** 在階下持盾護衛的武士。陛，階。楯，同「盾」。

❼❺ **即** 若。

❼❻ **半相代** 一半值勤，一半休息，輪流替換。

❼❼ **苑囿** 種植林木、飼養禽獸的獵場。

❼❽ **蕩蕩** 光滑的樣子。

❼❾ **即欲就之** 若想做此事。即，若。就，做。

❽⓿ **蔭室** 用來陰乾漆過之器物的房子。

研析

「說話是一門藝術」，特別表現在勸諫中。要說得動聽、說得切中事理，且說得為人保住顏面，並不是十分容易的。一般人常說「我是對事不對人」，而以嚴辭直說，殊不知若能使該修正的事情得以修正，又何必使人顏面無光、下不了臺？

勸諫的方式，要因勸諫對象的不同而有所調整，理直氣和終究是比理直氣壯讓人喜歡。可是如果對象是連理直氣和都不易接受，但又擁有權力、是使事情轉圜的關鍵人物，那麼該如何面對？隱微、間接地諷諫，也許是可行的。

或者像淳于髡藉由比喻來表達意見。看他以國中大鳥三年不飛又不鳴的比喻，促使齊威王心頭一震地面對自己的長夜之飲，激發其自尊與抱負。藉由禳田者的比喻，使威王領悟到自己使趙請救兵是所持者狹而所欲者奢。在「飲一斗亦醉，一石亦醉」的說明中，從賜酒大王之前的恐懼、親有嚴客的恭敬、朋友卒然相睹的喜悅、男女聚會雜坐不拘禮節的縱情，到置身於溫柔鄉的酣甜綿軟，使威王漸漸沉浸在越飲越多的氣氛中，而後再突然一語道破：「酒極則亂，亂極則悲。」一不啻為當頭棒喝的警醒。這又是以自己的酒後亂性，比喻威王好長夜之飲的後果。

或者順水推舟地將事情的荒謬性在放大後凸顯出來。如優孟順著楚莊王以大夫禮葬愛馬的意思，建議乾脆以人君禮葬之，好為區區一匹馬而勞動全國軍民，並傳聞於各大國以為笑柄，藉此凸顯莊王的賤人貴馬。又如優旃附和地以「寇從東方來，令麋鹿觸之足矣」的笑料，凸顯始皇擴張苑囿的大而無當。或如優旃以「漆城蕩蕩，寇來不能上」的笑料，凸顯漆城的勞而無功，並且進一步以「顧難為蔭室」的日常道理，凸顯漆城的根本不可行。

或者以聲東擊西的方式，藉由他人間接地表達意見。如優旃以得了便宜還賣乖的口吻，故意對陛楯郎表現出幸災樂禍的嘲笑，使始皇注意到陛楯郎執勤時的又濕又冷。又如優孟藉由妻子誇張唐突的批評：「必如孫叔敖，不如自殺！」使莊王看到自己未照顧到忠臣遺族的疏忽。

贅婿、樂人、優人，是當時世俗在婚姻與職業上所輕蔑的對象；身材矮短不滿七尺，已要遭受不少嘲笑，更何況是侏儒呢？但這種人像淳于髡、優孟、優旃，卻可以在旁敲側擊中，達成許多自命為耿介高尚的人所做不到的勸諫，在笑談中促成許多事情的完成。這，不也是一種諷諭嗎？

十三、漢書藝文志諸子略序

班固

題解

本文選自《漢書・藝文志・諸子略》，主旨在論述諸子學術思想之淵源、各家所長及流弊，是現今研究先秦各家學術思想的重要資料。

〈藝文志〉是根據劉歆《七略》刪省而來，《七略》分為〈輯略〉、〈六藝略〉、〈諸子略〉、〈詩賦略〉、〈兵書略〉、〈術書略〉、〈方技略〉。其中〈輯略〉為學術總論，班固將〈輯略〉的內容，分別置於六略之中以成〈藝文志〉，是西漢以前圖書目錄之總論。

作者

班固，字孟堅，東漢扶風安陵（今陝西省咸陽市東）人，生於漢光武帝建武八年（西元三二年），幼時由父班彪教固讀書識字，故班固九歲即能寫文章、誦讀詩詞。及長時，博貫典籍，明帝時奇其才，署蘭台令。和帝時，任中護軍，從大將軍竇憲出征匈奴，後竇憲與宦官爭權，班固受牽累，死獄中，著有《漢書》。

班固為繼承其父親續寫《史記》遺志，潛精研思二十年而成《漢書》百篇。而班固未及寫成八表及〈天文志〉，由其妹班昭及馬續接手補述之。

《漢書》在體裁上承襲《史記》，共分十二本紀、八表、十志、七十列傳，共一百篇，八十餘萬言。自漢高祖元年（西元前二〇六年）至王莽地皇四年（西元二三年），共二百三十年，是一部紀傳體斷代史，內容豐富詳贍，文詞典雅精練，與《史記》齊名。

本文

儒家者流，蓋出於司徒之官❶。助人君，順陰陽❷，明教化者也。游文於六經之中❸，留意於仁義之際，祖述堯舜❹，憲章文武❺，宗師仲尼❻，以重其言❼，於道最為高。孔子曰：「如有所譽，其有所試❽。」唐虞之隆，殷周之盛，仲尼之業，已試之效者也。然惑者既失精微，而辟者❾又隨時抑揚❿，違離道本，苟以譁眾取寵⓫。後進循之，是以五經乖析⓬，儒學寖衰⓭；此辟儒⓮之患也。

道家者流，蓋出於史官⓯。歷記成敗、存亡、禍福、古今之道。然後知秉要執本⓰，清虛以自守，卑弱以自持；此君人南面之術⓱也。合於堯之克攘⓲，《易》之嗛嗛⓳，一謙而四益⓴；此其所長也。及放者㉑為之，則欲絕去禮學，兼棄仁義；曰獨任清虛，可以為治。

陰陽家者流，蓋出於羲和之官㉒。敬順昊天㉓，歷象日月星辰，敬授民時㉔；此其所長也。及拘者為之，牽於禁忌，泥於小數㉕，舍人事而任鬼神。

法家者流，蓋出於理官㉖。信賞必罰，以輔禮制。《易》曰：「先王以明罰飭法㉗。」此其所長也。及刻者為之，則無教化，去仁愛，專任刑法，而欲以致治；至於殘害至親，傷恩薄厚㉘。

名家者流，蓋出於禮官㉙。古者名位不同，禮亦異數㉚。孔子曰：「必也正名乎！名不正，則言不順；言不順，則事不成。」此其所長也。及警者㉛為之，則苟鉤釽析亂㉜而已。

墨家者流，蓋出於清廟之守33。茅屋采椽，是以貴儉；養三老五更34，是以兼愛；選士大射，是以上賢；宗祀嚴父35，是以右鬼36；順四時而行，是以非命37；以孝視天下，是以上同38；此其所長也。及蔽者為之，見儉之利，因以非禮；推兼愛之意，而不知別親疏。

從橫家者流，蓋出於行人之官39。孔子曰：「誦《詩》三百，使於四方，不能專對，雖多亦奚以為40？」又曰：「使乎！使乎！」言其當權事制宜，受命而不受辭41，此其所長也。及邪人為之，則上詐諼42，而棄其信。

雜家者流，蓋出於議官43。兼儒、墨，合名、法，知國體之有此44，見王治之無不貫45，此其所長也。及盪者46為之，則漫羨而無所歸心。

農家者流，蓋出於農稷之官47。播百穀，勸耕桑，以足衣食。故八政48，一曰食，二曰貨。孔子曰：「所重民食。」此其所長也。及鄙者為之，以為無所事49聖王，欲使君民並耕，誖上、下之序50。

小說家者流，蓋出於稗官[51]。街談巷語，道聽塗說者之所造也。孔子曰：「雖小道必有可觀者焉；致遠恐泥，是以君子弗為也[52]。」然亦弗滅也。閭里小知者之所及，亦使綴而不忘；如或一言可采，此亦芻蕘[53]、狂夫之議也。

諸子十家，其可觀者九家而已。皆起於王道既微，諸侯力政[54]，時君世主，好惡殊方。是以九家之術，蠭[55]出並作，各引一端，崇其所善，以此馳說，取合諸侯。其言雖殊，辟猶[56]水火，相滅亦相生也；仁之與義，敬之與和，相反而皆相成也。《易》曰：「天下同歸而殊塗，一致而百慮[57]。」今異家者[58]，各推所長，窮知究慮，以明其指。雖有蔽短，合其要歸，亦六經之支與流裔。使其人遭明王聖主，得其所折中，皆股肱之材[59]已。仲尼有言：「禮失而求諸野[60]。」方今去聖久遠，道術缺廢，無所更索[61]，彼九家者，不猶瘉[62]與野乎？若能修六藝之術，而觀此九家之言，舍短取長，則可以通萬方之略[63]矣！

注釋

❶ **司徒之官** 古代掌教育之官。
❷ **順陰陽** 調理陰陽，使之和諧。
❸ **游文於六經之中** 專注於六經的文章中。
❹ **祖述堯舜** 遠宗堯舜之道。
❺ **憲章文武** 效法周文王、武王並發揚光大。憲，法。章，明。
❻ **宗師仲尼** 尊崇效法孔子。
❼ **以重其言** 以加重儒家言論的分量。
❽ **如有所譽，其有所試** 如果我對某人有所讚譽，一定是經過證驗的。語見《論語・衛靈公》。
❾ **辟者** 邪僻的人。
❿ **隨時抑揚** 任意地貶抑或稱揚，即曲解附會迎合世人。
⓫ **譁眾取寵** 以諠鬧的言辭迷惑大眾，博取尊寵。
⓬ **乖析** 矛盾分歧。乖，違也。析，分歧。
⓭ **寖衰** 逐漸衰微。寖，漸，音ㄐㄧㄣˋ。
⓮ **辟儒** 寡識陋學的鄙儒。
⓯ **史官** 掌管天文、曆法、史籍的官吏。

⑯ **秉要執本**　掌握要道與人根本。秉，持。

⑰ **君人南面之術**　君王統治民眾的道術。

⑱ **克攘**　《虞書・堯典》稱堯的德性「允恭克讓」。克攘，能讓。克，能。攘，通「讓」，音ㄖㄤˋ。

⑲ **嗛**　通「謙」，音ㄑㄧㄢ。

⑳ **一謙而四益**　能謙讓可獲得天、地、神、人的庇佑而得福。

㉑ **放者**　放蕩的人。

㉒ **羲和之官**　羲氏、和氏二性相傳為堯舜時掌觀測星相四時的官。

㉓ **昊天**　上天。

㉔ **民時**　人民據以耕稼的時令。

㉕ **小數**　小技術，即占卜吉凶的技術。

㉖ **理官**　古代掌管獄訟事務的官吏。

㉗ **明罰飭法**　明定刑罰，整頓法令。

㉘ **傷恩薄厚**　傷害恩義，刻薄於當親厚之人。

㉙ **禮官**　主掌禮儀的官吏。

㉚ **異數**　不同等級。

㉛ **警**　訐也，好揭發他人隱私。音ㄐㄧㄠˋ。

㉜ **鉤鈲析亂**　屈曲破碎支離錯碎。鉤，彎曲。鈲，破，音ㄆㄧ。析，支離。

❸❸ **清廟之守** 典守宗廟的官吏。
❸❹ **三老五更** 年老、閱歷豐富的人。更，更事，即閱歷豐富，音ㄍㄥ。
❸❺ **宗祀嚴父** 重視祭祀，尊敬祖先。嚴，敬也。
❸❻ **右鬼** 尊尚鬼神。
❸❼ **非命** 反對宿命論。
❸❽ **上同** 和上級領導者思想行為一致。
❸❾ **行人之官** 古代掌外交的官吏。
❹⓿ **「誦《詩》三百」四句** 熟讀《詩經》三百篇，出使四方的諸侯國，卻不能獨當一面，雖誦讀很多又有什麼用？
❹❶ **使乎** 好使者。語見《論語・憲問》篇，為孔子對蘧伯玉使者的讚美之詞。
❹❷ **上詐諼** 尚詐欺。諼，詐，音ㄒㄩㄢ。
❹❸ **議官** 古代議政的官吏。
❹❹ **知國體之有此** 知道一些治國的體制與方法。
❹❺ **見王治之無不貫** 看出聖王治國貫通的道理。
❹❻ **盪者** 動搖而無主見的人。
❹❼ **農稷** 主掌農業的官吏。

48 八政 八種政事。《尚書・洪範》以「食、貨、祀、司空、司徒、司寇、賓、師」為八政。

49 事 用也。

50 誖上下之序 違背君臣上下的順序。

51 稗官 小官，野史小說之官。稗，似禾的小草，形容卑微，音ㄅㄞˋ。

52 雖小道必有可觀者三句 雖是小技藝也必有值得觀賞的地方，但要推行久遠恐怕窒礙難行，所以君子不肯去做。語見《論語・子張》。

53 芻蕘 割草打柴的人。芻，刈草，音ㄔㄨˊ。蕘，析薪，音ㄖㄠˊ。

54 力政 以武力相征伐。政，通征。

55 蠭 同「蜂」。

56 辟 同「譬」，譬如。

57 一致而百慮 一致的目標，各種不同的考量。

58 異家者 各家。指小說家以外的各家。

59 股肱之材 輔佐君王的人才。股，大腿。肱，手臂中肘至腕的部位。引申為佐助之意。

60 禮失求諸野 都城失去了禮法，就要到鄉野中去尋求。

61 更索 再求。

62 瘉 通「愈」，勝過。

63 萬方之略 各種道術的要旨。萬方，各種道術。略，要旨。

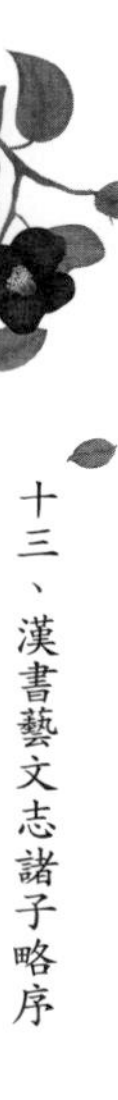

研析

本文前十段分別敘述先秦時的十種學說，追溯其始於王官的淵源，並將各家的思想、要旨、特長及流弊加以析論。

末段則加以總評，認為各家思想的起因是由於背景相同，因應時代的需求，肯定諸家「其言雖殊，辟如水火，相滅亦相生」。而各家雖各有所長，卻也各有所偏，但追溯它們的歸趨都由六經分出。最後班固以為「禮失求諸野」、「若能修六藝之術，而觀此九家之言，舍短取長，則可通萬方之略矣！」，亦即因為離聖人年代久遠，無法得知聖人治世之全貌，道出若能以六經為主，九家學說正可以來闕補疏漏，藉此來吸納、包含諸家思想，也間接尊崇六經的地位。

十四、愚溪詩序

柳宗元

題解

本文屬於序跋類，選自《柳河東集》，乃是作者被貶為永州司馬時所作，旨在抒發觸罪貶謫之心情。

作者

柳宗元，字子厚，生於唐代宗大曆八年（西元七七三年），卒於憲宗元和十四年（西元八一九年），享年四十七。原籍河東解縣（山西永濟），先人累世功勛，並以文行知名。宗元資質敏慧，德宗貞元九年（西元七九三年）登進士第，廿六歲參加博學宏詞科考試，才華橫溢，議論風發，深受王叔文、韋執誼所器用，被舉作禮部員外郎。

後憲宗即位，嚴治新黨，宗元故而坐貶邵州刺史，未至又改貶永州司馬。永州十年的竄逐，不僅寄情山水，更將個人遭遇與感觸寄寓其間，所作〈永州八記〉，最是膾炙人口。元和九年，宗元奉召入京甫一月，更貶為柳州刺史，卒於任，世稱柳柳州。

宗元倡文以明道，兼通儒、釋、諸子，為文雄深雅健，詩亦清新淡雅，著有《柳河東集》。

本文

灌水❶之陽❷有溪焉，東流入於瀟水❸。或曰：「冉氏嘗居也，故姓是溪為冉溪。」或曰：「可以染也，名之以其能，故謂之染溪。」余以愚觸罪，謫瀟水上。愛是溪。入二三里，得其尤絕者家焉。古有愚公谷❹，今予家是溪，而名莫能定。土之居者❺，猶齗齗❻然。不可以不更也，故更之為愚溪。

愚溪之上，買小丘，為愚丘。自愚丘東北行六十步，得泉焉。又買居之，為愚泉。愚泉凡六穴❼，皆出山下平地，蓋上出也。合流屈曲而南，為愚溝。

遂負土累石，塞其隘，為愚池。愚池之東為愚堂，其南為愚亭，池之中為愚島。嘉木異石錯置，皆山水之奇者。以余故，咸以愚辱焉。

夫水，智者樂也。今是溪獨見辱於愚，何哉？蓋其流甚下，不可以溉灌。又峻急，多坻石[8]，大舟不可入也。幽邃淺狹，蛟龍不屑，不能興雲雨。無以利世，又適類於余。然則雖辱而愚之可也。

甯武子[9]邦無道則愚，智而為愚者也。顏子終日不違如愚，睿而為愚者也。皆不得真愚。今余遭有道，而違於理，悖於事。故凡為愚者，莫我若也。夫然，則天下莫能爭是溪，余得專而名焉。

溪雖莫利於世，而善鑑萬類[10]。清瑩秀澈[11]，鏘[12]鳴金石。能使愚者喜笑眷慕，樂而不能去也。余雖不合俗，亦頗以文墨自慰，漱滌[13]萬物，牢籠百態[14]，而無所避之。以愚辭歌愚溪，則茫然而不違，昏然而同歸。超鴻蒙[15]，混希夷[16]，寂寥而莫我知也。於是作〈八愚詩〉，紀於溪石上。

注釋

❶ **灌水** 永州之水，乃瀟水支流。

❷ **陽** 水的北邊，山的南邊，稱為陽。

❸ **瀟水** 永州之水，源出於九疑山。

❹ **愚公谷** 見《說苑・政理》，齊桓公出，入山谷中，見一老公，問曰：「是為何谷」，對曰：「為愚公之谷。」問其故，對曰：「以臣名之」。

❺ **土之居者** 住在當地的人。

❻ **齗齗** 爭辯貌，音ㄧㄣˊㄧㄣˊ。

❼ **穴** 孔竅也。

❽ **坻石** 水中灘石。坻，音ㄔˊ。

❾ **甯武子** 春秋時衛國大夫。於成公無道時，盡心竭力不避艱險，而卒能保其身扶濟其君。《論語・公冶長》：「子曰：『甯武子邦有道則知，邦無道則愚。其知可及也，其愚不可及也。』」

❿ **善鑒萬類** 謂河水清澈，可鑑別萬類之形，使無所遁逃。

⓫ **澈** 水靜而清也。

⓬ **鏘** 玉聲，音ㄑㄧㄤ。

⓭ **漱滌** 以水淨洗。

⑭牢籠百態 水之清澈，無一不照。牢籠，包括之意。

⑮鴻蒙 渾然元氣。

⑯希夷 不聞不見的境界。老子云：「聽之不聞，名曰希，視之不見，名曰夷。」

研析

此文為作者所作〈八愚詩〉之序文，寫於貶官永州時期，文中借「愚」字以自況，抒發貶黜蠻荒的心情。

全文共分為五段，首段說明愚溪名稱之由來以及其地形位置。

次段，再對「愚溪」二字做更深一步的描寫，將山中之丘、泉、溝、池、堂、亭、島，皆冠以愚字，共有「八愚」和詩題相吻合。末句「咸以愚辱焉」與首段之「余以愚觸罪」呼應，點明溪水何愚之有，蓋因作者故而身受愚辱。

三段，以問答方式開端，言明水雖為智者所喜愛，今卻和愚昧的自己相比，正因為此溪一無用處，故自己和溪水的愚笨應不相上下。

四段，作者將己之愚和古人相比擬，然而甯武子和顏回的「愚」是智慧的呈現，自己才是「真愚」，此時流露自己內在的矛盾和委屈心情，可見抑鬱之深。

末段，為全文主旨所在，將自己和愚溪再作比擬，愚溪雖百無一用，但至少善於將萬物真實面貌反映出來，金玉般的溪水聲，使愚者也能自得其樂。而作者自己雖不見容於時，但仍能舞文弄墨，聊以自慰。因為文章就如溪水般可滌淨萬物，並且包羅萬象，無不概括。可見此二者雖愚，卻能辨識萬物真偽，非一般人所能及。最後又喟嘆自己不合於世俗，欲藉由超出塵世宇宙，飄飄渺渺以忘憂、形神俱忘，由此可見作者痛苦而欲解脫的心情。

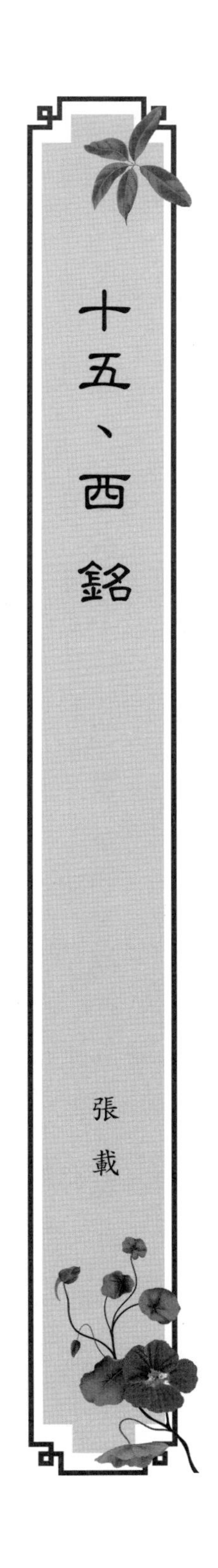

十五、西銘

張載

題解

〈西銘〉一文，原名為〈訂頑〉，為張載啟導後學的代表作。因張載嘗於學堂雙牖，左書砭愚，右書訂頑，後經程頤先生改稱為〈東銘〉與〈西銘〉。所謂銘者，古代多刻於器物，或用於警惕，或用來稱述功德，秦漢以後，多刻於碑石，遂成為用來敦品勵學、永誌不忘之文體。〈西銘〉一文主要闡述天地一體，民胞物與的論點，發揮儒家仁愛以及天人合一的精神。

作者

張載，字子厚，生於宋仁宗天禧四年（西元一〇二〇年），卒於神宗熙寧十年（西元一〇七七年），享年五十八歲。原籍大梁（今河南開封），生於長安，為關中人，定居在橫渠，與諸儒生講學，為關中人士之宗師，風氣為之丕變，世稱橫渠先生，傳其學者號為「關學」。

張載曾自述所學，曰：「為天地立心，為生民立命，為往聖繼絕學，為萬世開太平。」此即所謂張載四句教。又其學以《易》為宗，以《禮》為體，以《中庸》為的，以孔孟為極，合天地萬物為一體，而歸於仁，是北宋重要的理學家。

張載生前親自曾集結部分著作為《正蒙》一書，〈西銘〉收錄在該書的〈乾稱篇〉，除《正蒙》之外，歷年的講學語錄，包括《橫渠易說》、《經學理窟》、《張子語錄》、《文集》等，合編為《張子全書》十五卷。

本文

乾稱父，坤稱母❶；予茲藐焉，乃混然中處。故天地之塞❷，吾其體；天地之帥，吾其性❸。民，吾同胞；物，吾與也❹。

大君❺者，吾父母宗子❻；其大臣，宗子之家相❼也。尊高年，所以長其長；慈孤弱，所以幼其幼；聖，其合德❽；賢，其秀也❾。凡天下疲癃❿、殘疾、惸獨⓫、鰥寡⓬，皆吾兄弟之顛連⓭而無告者也。

于時保之，子之翼也[14]；樂且不憂，純乎孝者也。違曰悖德，害仁曰賊，濟惡者不才，其踐形[15]，惟肖[16]者也。

知化則善述其事[17]，窮神則善繼其志[18]。不愧屋漏[19]為無忝[20]，存心養性為匪懈。惡旨酒，崇伯子[21]之顧養；育英才，穎封人[22]之錫類[23]。不弛勞而底豫[24]，舜其功也；無所逃而待烹，申生[25]其恭也。體其受而歸全者，參乎！勇於從而順令者，伯奇[26]也。

富貴福澤，將厚吾之生也；貧賤憂戚，庸玉女於成[27]也。存，吾順事；沒，吾寧也。

注釋

❶ **乾稱父，坤稱母**　天地乾坤是人之父母。語見《易‧說卦傳》：「乾，天也，故稱乎父；坤，地也，故稱乎母」。

❷ **天地之塞**　天地充滿陰陽二氣。塞，充滿。

❸ **天地之帥，吾其性**　主宰天地的仁心，決定我的心性。帥，主宰。

❹ **民，吾同胞；物，吾與也**　人類都是我的兄弟；萬物都是我的朋友。同胞，兄弟。與，友好。

❺ **大君**　天子。

❻ **宗子**　嫡長子。

❼ **家相**　家臣的管家。

❽ **聖，其合德**　聖人德性合於天地。

❾ **賢，其秀也**　賢人是才智秀出。

❿ **疲癃**　衰頹老病。

⓫ **惸獨**　孤苦伶仃的人。無兄弟曰惸，無子孫曰獨。惸，音ㄑㄩㄥˊ。

⓬ **鰥寡**　鰥夫寡婦。老而無妻曰鰥，老而無夫曰寡。

⓭ **顛連**　顛沛流離。

⓮ **于時保之，子之翼也**　畏懼上天來自保，像是孝親一樣的小心翼翼。時，是也。翼，敬也。

⑮ **踐形**　實踐上天賦予的天性。

⑯ **肖**　相似。此指像天地父母的好子女。

⑰ **知化則善述其事**　知道天地的變化，就能善述天地的事情。

⑱ **窮神則善繼其志**　窮通神明的奧妙，就能繼承天地的志向。

⑲ **屋漏**　室內西北隅隱蔽之處。

⑳ **無忝**　不辱。忝，辱也，音ㄊㄧㄢˇ。

㉑ **崇伯子**　指禹，鯀封於崇，禹代鯀為崇伯，故為崇伯子。

㉒ **穎封人**　即穎考叔，春秋鄭國人，以事母至孝著稱，並樂育英才。

㉓ **錫類**　賜給同類。錫，賜也。

㉔ **弛勞而厎豫**　勤勞不鬆懈，而得到父母歡心。厎，致也，音ㄓˇ。豫，逸樂也。

㉕ **申生**　晉獻公太子，因恭順盡孝，受讒自縊。

㉖ **伯奇**　周人，尹吉甫之子，因後母讒而見逐，履霜中野，集荷為衣，採花為食。

㉗ **庸玉女於成**　玉女於成，即玉成於女，指上天有意玉成於你。庸，用。女，汝也。

研析

〈西銘〉一文為宋代理學之鉅作，不但發揮儒家「仁愛」之精神，並闡述天地萬物一體之理念。因人為天地所生，擁有特殊之心性，故宜應摒除私心與天地德行相合，用誠心事親，來體察事天之理，勉勵世人實踐「仁」。

本文共分五段，首段言人乃天地所生，與萬物同源，故宜秉持民胞物與之胸懷。次段認為人類應以互相扶持的心態，去關愛鰥寡孤獨殘疾不幸的人。三段敘述不傷天害理，能畏懼天命、樂天知命、保全善性，才是天地父母的賢肖子。四段舉出六個孝親的例子，只有孝順父母、勇於服膺天命的人，才能窮神知化來繼承天地意志，善盡行仁的職責。末段強調無論富貴福澤、貧賤憂戚的際遇，若能順從天意行事，則能俯仰無愧，與天地相合。

〈西銘〉一文僅有二百五十多字，卻盡得儒家思想精粹。作者以「仁」為本來縱橫布局，縱線由天至人，橫線則由近至遠，由人及物，最後推衍出「天人合一」、「民胞物與」的人生理想。全文條理縝密，精純樸質，具體易行，故程顥曾云：「〈訂頑〉之言，極醇無雜，秦漢以來學者所未到。」足以說明此文之特色。

十六、拙效傳

袁宏道

題解

本篇為記敘文，選自《袁中郎集》。內容是對袁家四位鈍僕——冬、東、戚、奎等人之形象及個性的描寫，趣味盎然且栩栩如生。並巧妙點出狡者逐去、拙者得諒的意旨。

作者

袁宏道字中郎，號石公。明公安（今湖北省公安縣）人。生於穆宗隆慶二年（西元一五六八年），卒於神宗萬曆三十八年（西元一六一〇年），享年四十三。萬曆二十年進士，官終稽勳郎中。曾為吳縣令，聽斷敏達果決，於是縣政大治。

宏道少即敏慧，十五、六歲，結社城南，自為社長，與其兄宗道、弟中道，並有文名，世稱三袁。其中又以宏道聲名、文學成就最著，其文力主獨抒性靈、不拘格套、反對摹擬，時稱公安體。著有《瀟碧堂》、《瓶花齋》、《袁中郎集》。

本文

石公❶曰：「天下之狡❷於趨避❸者，兔也，而獵者得之；烏賊魚吐墨以自蔽❹，乃為殺身之梯。巧何用哉？夫藏身之計，雀不如燕；謀身之術，鸛❺不如鳩❻。古記之矣。作〈拙效傳〉。」

家有四鈍僕：一名冬，一名東，一名戚，一名奎。

冬即余僕也。掀鼻削面，藍睛虬❼鬚，色若銹鐵，嘗從余武昌。偶令過鄰生處，歸失道，往返數十迴，見他僕過者，亦不問。時年已四十餘。余偶出，見其淒涼四顧，如欲哭者；呼之，大喜過望。性嗜酒，一日，家方煮醪❽，冬乞得一盞❾，適有他役，即忘之案上，為一婢子竊飲盡。煮酒者憐之，與酒如前。冬傴僂❿突⓫間，為薪焰所著，一烘而過，鬚眉幾火⓬，家人大笑，仍與他酒一瓶。冬甚喜，挈⓭瓶沸湯中，俟煖即飲，偶為湯所濺，失手墮瓶，竟不得一口，瞠目⓮而出。嘗令開門，門樞稍緊，極力一推，身隨門闢⓯，頭顱觸地，足過頂上，舉家大笑。今年隨至燕邸，與諸隸⑯嬉遊半載。問其姓名，一無所知。

東貌亦古，然稍有詼氣，少役於伯修⑰。伯修聘繼室時，令至城市餅。家去城百里，吉期已迫，約以三日歸；日晡⑱不至，家嚴同伯修門外望；至夕，見一荷擔從柳堤來者，東也。家嚴大喜，急引至舍，釋擔視之，僅得蜜一甕。問餅何在？東曰：「昨至城，偶見蜜價賤，遂市之。餅價貴，未可市也。」時約以明納禮⑲，竟不得行。

戚、奎皆三弟僕。戚嘗刈薪⑳，跪而縛之，力過繩斷，拳及其胸，悶絕仆地㉑，半日始甦。奎貌若野獐，年三十尚未冠，髮後攢作一紐㉒，如大繩狀。弟與錢市帽，奎忘其紐。及歸，束髮加帽，眼鼻俱入帽中，駭嘆竟日。一日，至比舍㉓，犬逐之；即張空拳相角㉔，如與人交藝者，竟齧㉕其指。其癡絕皆此類。

然余家狡猾之僕，往往得過㉖，獨四拙頗能守法。其狡猾者，相繼逐去，資身無策㉗，各不過一二年，不免凍餒。而四拙以無過坐而衣食，主者諒其無他，計口而授之粟，唯恐其失所也。噫，亦足以見拙者之效矣。

注釋

❶ **石公**　袁宏道的號，用來稱呼自己。

❷ **狡**　奸滑，詭詐。

❸ **趨避**　快速跑而躲藏起來。

❹ **自蔽**　掩護不使人發現。

❺ **鸛**　鸛雀也，築巢於池沼湖旁樹上，音ㄍㄨㄢˋ。

❻ **鳩**　性愚笨，不善築巢，常占據喜鵲的巢，音ㄐㄧㄡ。

❼ **虯**　卷曲，音ㄑㄧㄡˊ。

❽ **醪**　混濁的酒，音ㄌㄠˊ。

❾ **盞**　小杯。

❿ **傴僂**　背脊彎曲，音ㄩˇ ㄌㄡˊ。

⑪ **突** 竈突，指竈的煙囪。

⑫ **火** 燒。

⑬ **挈** 提。

⑭ **瞠目** 直視貌。

⑮ **門闢** 門開。

⑯ **隸** 僕人。

⑰ **伯修** 指袁宗道。

⑱ **日晡** 天色向晚。晡，太陽過午的時候，音ㄅㄨ。

⑲ **納禮** 行納采之禮，為古時婚嫁之一，即行聘。

⑳ **刈薪** 砍柴。刈，音ㄧˋ。

㉑ **仆地** 跌倒在地。仆，音ㄆㄨ。

㉒ **攢作一紐** 打成一個結。攢，聚合，音ㄘㄨㄢˊ。

㉓ **比舍** 鄰舍。比，音ㄅㄧˋ。

㉔ **相角** 相爭鬥。

㉕ **囓** 用牙齒咬物，音ㄋㄧㄝˋ。

㉖ **過** 過錯。

㉗ **資身無策** 無法養活生計。

研析

一般傳記的描寫大都著墨於個人之豐功偉績，而作者以平淡詼諧記述家中僕人的特徵，及其生活上可愛可笑的小插曲，讀來不禁令人莞爾。

首段，作者言明作〈拙效傳〉的原由。指出事物無論多麼機伶巧詐，最後皆不免由獵者得之，而招致殺身之禍，故巧又有何用？

次段，寫自己的僕人——冬，不但將其外貌的特徵做了深入描繪，也將其笨拙形象做了生動的呈現。如冬在外迷路，淒涼四顧，如欲哭者，宛如幼孩一般，樸拙中見趣味。雖未用一「拙」字，然冬引人發笑的情景，躍然紙上。

三、四段寫東、戚、奎三僕，以簡略方式言其外貌，如東「貌亦古，稍有詼氣」，於奎則言「貌若野獐」，可見其貌皆不揚，並略舉其趣事，令人發噱。

末段則呼應首段，以狡者皆被逐，而拙者得以見諒，證明巧不足為用，故〈拙效傳〉的主旨，不言而喻。

觀全文，可得知作者不因僕人的拙笨而生怨懟，亦不為外貌的寢陋而有厭棄，反而以輕鬆、欣賞的角度加以形容，與老子思想中「持而盈之，不如其已；揣而銳之，不可長保」不謀而合，因為聰明靈巧，鋒芒太露，勢難保持久長，不如「絕巧棄利」、「見素抱樸」，則能無窮無盡，合乎自然道理。

十七、西湖七月半

張岱

題解

本文為記敘兼抒情文，選自《陶庵夢憶》。內容敘述杭州人於七月半遊西湖的情景，也對七月半的西湖五種遊人的情態、身分、格調做了生動的描繪。

作者

張岱，字宗子，一字石公，別號陶庵，浙江紹興人，僑寓杭州。生於明神宗萬曆二十五年（西元一五九七年），卒年雖不詳，但從《西湖夢尋》序文看來，享壽應在七十五歲以上。

岱品行高潔，個性堅定，富有民族氣節。其前半世，生活優裕，明亡後而突然墮於國破家亡、衣食窘困的環境，於是便避亂剡谿山，專心著述。

張岱詩文，融合公安、竟陵二體，並汲二家所長，獨成風格，為晚明散文的代表。其文學主張亦反對摹擬仿古，而獨抒性靈。其散文題材廣闊，於描畫山水外，於社會生活等，無不概括，造句新奇，詼諧自然。著有《陶庵夢憶》、《西湖夢尋》和《嫏嬛文集》。

本文

西湖七月半❶，一無可看，止可看看七月半之人。看七月半之人，以五類看之。其一樓船❷簫鼓，峨冠❸盛筵，燈火優傒❹，聲光相亂，名為看月而實不見月者，看之。其一亦船亦樓，名娃閨秀❺，攜及童孌❻，笑啼雜之，還坐露臺❼，左右盼望，身在月下而實不看月者，看之。其一亦船亦聲歌，名妓閑僧，淺斟低唱，弱管輕絲，竹肉相發❽，亦在月下，亦看月而欲人看其看月者，看之。其一不舟不車，不衫不幘❾，酒醉飯飽，呼群三五，躋❿入人叢，昭慶斷橋，嘄呼⓫嘈雜，裝假醉，唱無腔曲，月亦看，看月者亦看，不看月者亦看，而實無一看者，看之。其一小船輕幌，淨几煖爐，茶鐺旋煮⓬，素瓷⓭靜遞，好友佳人，邀月同坐，或匿影樹下，或逃囂裡湖，看月而人不見其看月之態，亦不作意看月者，看之。

杭人遊湖，巳出酉歸⓮，避月如仇。是夕好名，逐隊爭出，多犒門軍⓯酒錢，轎夫擎燎⓰，列俟岸上。一入舟，速舟子急放斷橋，趕入勝會。以故二鼓以前，人聲鼓吹，如沸如撼，如魘如囈⓱，如聾如啞，大船小船一齊湊岸，一無所見，止見篙擊篙，舟觸舟，肩摩肩，面看面而已。少刻興盡，官府席散，皂隸⓲喝道去，轎夫叫，船上人怖以關門，燈籠火把如列星，一一簇擁而去。岸上人亦逐隊趕門，漸稀漸薄，頃刻散盡矣。

吾輩始艤舟⓳近岸，斷橋石磴始涼，席其上，呼客縱飲，此時月如鏡新磨，山復整妝，湖復頮面⓴，向之淺斟低唱者出，匿影樹下者亦出，吾輩往通聲氣，拉與同坐，韻友㉑來，名妓至，杯箸安，竹肉發。月色蒼涼，東方將白，客方散去。吾輩縱舟，酣睡於十里荷花之中，香氣拍人，清夢甚愜㉒。

注釋

❶ **七月半**　農曆七月十五，為中元盛會。

❷ **樓船**　裝有樓閣的遊船。

❸ **峨冠**　高帽。

❹ **優傒**　土著的聲妓。傒，為對南方土人之賤稱。

❺ **名娃閨秀**　年輕美女，大家閨秀。

❻ **童孌**　美童。

❼ **露臺**　指樓船上的平臺。

❽ **竹肉相發**　簫笛聲伴著歌唱聲。竹肉，指管樂和歌喉。

❾ **幘**　頭巾，音ㄗㄜˊ。

❿ **躋**　擠也，音ㄐㄧ。

⓫ **嘄呼**　怪叫亂嚷。嘄，音ㄐㄧㄠˋ。

⓬ **茶鐺旋煮**　茶鐺，煮茶的鍋子。旋，屢，頻。

⓭ **素瓷**　雅潔的杯子。

⓮ **巳出酉歸**　巳，上午九時至十一時。酉，下午五時至七時。

⓯ **門軍**　守護城門的軍吏。

⓰ **擎燎** 舉著火把。

⓱ **如魘如囈** 魘，夢中驚叫，音ㄧㄢˇ。囈，說夢話。

⓲ **皂隸** 官署中的差役。

⓳ **艤舟** 收攏行船準備靠岸。艤，攏船靠岸，音ㄧˇ。

⓴ **頮面** 形容湖面重現明淨的樣子。頮，洗面，音ㄏㄨㄟˋ。

㉑ **韻友** 詩友。

㉒ **愜** 愜意，滿足。

研析

「西湖七月半」，題目即點明地點和時間，西湖景色秀麗嫵媚，「七月半」則明月生輝皎潔，一般人也許便肆力著墨於七月的西湖風光，而作者卻將焦點著重「看人」，將各形各色看月的模樣，淋漓盡致的描繪，活潑生動，饒富情趣。

首段，以「西湖七月半，一無可看，止可看看七月半之人」點明全文題旨。接著便寫七月半的五類遊客，藉由作者的細心觀察，五種人的身分、地位、體態、情致便躍然紙上。第一類為達官貴人，奏著簫鼓，擺著筵席，群僕環繞，是「名為看月而實不見月者。」第二類是「名娃閨秀」高坐樓船，嘻笑怒

罵，左顧右盼，是身在月下而實不看月者。第三類是名妓閒僧，或歌或詠，淺酌低唱，是在月下，亦看月而欲人看其看月者。第四類則為衣冠不整、酒醉飯飽之無賴，什麼皆看卻無心看，而實無一看者。第五類則匿影樹下，煮茶靜遞之雅士，是看月而不喜人看其看月者。凡此五種，作者雖只作客觀描述，卻也不經意透露褒貶喜惡，第三、五類是風雅之士，是真正的賞月者。

次段，寫杭人遊湖，避月如仇，而在七月半之夜卻鑼鼓昇天，人聲鼎沸，皆是凡夫俗子藉節日之名，紛亂吵嘈地趕熱鬧罷了，名為看月，實為「一無所見」。作者以嘲弄的態度描繪西湖七月半的形色，醜態盡出，寫來生動而傳神。

末段是真正看月的開始。「吾輩」二字有自詡別於凡夫的意味。人散月出，月如新鏡，山亦整妝，湖再明淨，西湖佳景，風光如畫，充滿詩情浪漫，此時作者獨攬山水之美，是真正領略賞月樂趣之人，越顯己之高潔清雅。

作者，以含蓄雋永的筆法，雖是客觀寫景寫物，卻是寓情於景，處處有情，故讀來節奏輕快，情趣無限，是此文之藝術特色。

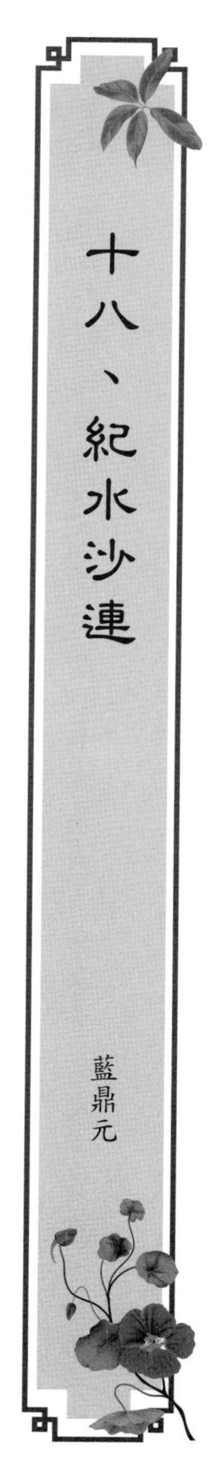

十八、紀水沙連

藍鼎元

題解

本文選自《東征集》卷六。藍鼎元參與平定朱一貴事件，路經水沙連而寫下此文，旨在描寫日月潭的優美景致與當地原住民的生活起居。水沙連，日月潭（今南投縣魚池鄉）的舊稱之一。

作者

藍鼎元，字玉霖，號鹿洲，福建省漳浦縣人。生於清康熙十七年（西元一六七八年），卒於雍正十年（西元一七三三年），曾任廣東普寧知縣、廣州知府等。

康熙六十年（西元一七二一年），曾來臺協助族兄藍廷珍平定「朱一貴事件」。其有關臺灣的文章，多屬奏議類的政論文書，充分表現經世致用的思想，被譽為「籌臺之宗匠」。著作有：《鹿洲集》、《鹿洲公案》、《東征集》、《平臺紀略》，後二書是研究臺灣歷史重要的文獻；部分遊記在覽賞山川之餘，亦呈現出經略擘畫的胸襟。

本文

自斗六門沿山入，過牛相觸，溯❶濁水溪之源。翼日❷可至水沙連內山。山有蠻蠻、貓丹等十社。控弦千計❸，皆鷙悍❹未甚馴良，王化所敷❺，羈縻勿絕❻而已。

水沙連嶼❼在深潭之中，小山如贅疣❽，浮游水面。其水，四周大山，山外溪流包絡❾，自山口入，匯為潭。潭廣八、九里，環可❿二、三十里。中間突起一嶼。山青水綠，四顧蒼茫，竹樹參差，雲飛鳥語；古稱蓬、瀛⓫，不是過也。

番⓬繞嶼為屋以居，嶼無田，岸多蔓草。番取竹木，結為桴⓭，架水上，藉⓮草承土以耕，遂種禾稻，謂之浮田。水深魚肥，且繁多。番不用罾罟⓯，駕蟒甲⓰，挾弓矢射之，須臾盈筐。發⓱家藏美酒，夫妻子女大嚼高歌，洵⓲不知帝力⓳於何有矣。蟒甲，番舟名，刳⓴獨木為之，划雙槳以濟㉑。大者可容十餘人，小者三、五人。環嶼皆水，無陸路出入，胥㉒用蟒甲。外人欲詣㉓其社，必舉草火，以煙起為號，則番剌㉔蟒甲以迎，不然不能至也。

嗟乎？萬山之內有如此水，大水之中有此勝地。浮田自食，蟒甲往來，仇池公㉕安足道哉！武陵人悞入桃源㉖，余曩者㉗嘗疑其誕；以水沙連觀之，信彭澤㉘之非欺我也。但番人服教未深，必時挾㉙軍士以來遊，於情弗暢，且恐山靈㉚笑我。所望當局諸君子㉛，修德化以淪浹其肌膚㉜，使人人皆得宴遊焉，則不獨余之幸也已。

水沙連內山，產土茶，色綠如松蘿，味甚清冽，能解暑毒，消腹脹，亦佳品云。

注釋

❶ **「溯」濁水溪之源**　逆水而上，此指溯源。
❷ **翼日**　即「翌日」，第二天。
❸ **控弦千計**　有上千名戰士駐守。控弦，拉弓射箭，此借指原住民戰士。
❹ **鷙悍**　凶猛蠻橫。鷙，猛禽，音ㄓˋ。
❺ **王化所敷**　君王教化的傳布。敷，散布。
❻ **羈縻勿絕**　約束、控制使其不完全不和朝廷往來。羈縻，繫縛牛馬的繩子。音ㄐㄧ ㄇㄧˊ。
❼ **水沙連嶼**　日月潭中的小島，今稱「拉魯島」，是邵族舊聚落所在地。
❽ **贅疣**　皮膚上的肉塊。疣，音ㄧㄡˊ。
❾ **包絡**　包圍環繞。
❿ **環「可」二、三十里**　大約。
⓫ **蓬、瀛**　蓬萊與瀛洲，皆古代神話傳說中的仙山。
⓬ **「番」繞嶼**　舊稱異族為「番」，此指日月潭附近的原住民，多屬邵族。
⓭ **桴**　竹筏，音ㄈㄨˊ。
⓮ **「藉」草承土**　鋪墊。
⓯ **罾罟**　魚網，音ㄗㄥ ㄍㄨˇ。

⑯**蟒甲** 平埔族語，也作「艋舺」、「莽葛」，即獨木舟。

⑰**「發」家藏美酒** 拿出。

⑱**「洵」不知** 真是、實在。

⑲**帝力** 帝王的統治力量。

⑳**刳** 以刀挖空，音ㄎㄨ。

㉑**划雙槳以「濟」** 渡河。

㉒**「胥」用蟒甲** 皆、都，音ㄒㄩ。

㉓**「詣」其社** 到達，音ㄧˋ。

㉔**「刺」蟒甲** 划船。

㉕**仇池公** 仇池山位於甘肅省成縣西方，山勢盤旋，風景明媚。晉朝氐人楊初率子民定居此山，自立為仇池公。

㉖**武陵人悞入桃源** 指陶淵明〈桃花源記〉中言武陵漁夫捕魚時偶然進入桃花源的典故。悞，同「誤」。

㉗**曩者** 從前。

㉘**信彭澤** 信，確實。彭澤，指東晉時，曾任彭澤縣令的陶淵明。

㉙**「挾」軍士** 倚仗。

㉚ **山靈**　山中神靈。

㉛ **當局諸君子**　朝廷中的官員。

㉜ **淪浹其肌膚**　深入感化他們的心性。淪浹，浸潤，音ㄌㄨㄣˊ　ㄐㄧㄚˊ。

研析

本文旨在描述作者對日月潭山光水色的美景與感想，各段要旨分述如下：

首段，先點出地點及概況，這是寫景文章常見的開頭方式。次段運用摹寫技巧描繪水沙連四周景物：「山青水綠，四顧蒼茫，竹樹參差，雲飛鳥語」，語言簡練，形象鮮明生動。第三段，介紹此地原住民住、食、行等生活概況，既讓讀者感受到當地居民的生命力，也增添文章的生動性與豐富性。第四段，將筆調轉入議論，期待執政者能對此地加強德化，使人人能盡情暢遊此地風光。末段，補述水沙連內山所產之茶，色綠味清，據解暑毒、消腹脹之功能。

就寫景文而言，以寄寓政治教化的言論收尾，略為失當，但因作者的身分是協助清廷平亂的官員，尚能理解其用心。

十九、六朝志怪小說選

題解

中國文言小說的發展脈絡，是從神話、傳說，到六朝志人（《世說新語》）、志怪的小說雛型，再到成熟階段的唐傳奇。

六朝，是個戰爭頻仍、佛道盛行的時代；因為鬼神觀念流行，所以特多志怪的書篇，作家也多藉由神怪的情節，反映人們在現實生活中的心境與希望。六朝志怪小說的代表作首推晉干寶的《搜神記》，其次則為宋劉義慶的《幽明錄》。六朝志怪小說的故事情節，常被後代的詩、賦、小說、戲曲等吸取，如唐李商隱的〈青陵台詩〉、敦煌寫本的〈韓朋賦〉，用的是《搜神記》中〈韓憑夫婦〉的故事，又如唐傳奇〈枕中記〉、〈南柯太守傳〉、明戲曲〈邯鄲記〉，是採用《幽明錄》中〈柏木枕〉的題材。

〈**劉晨阮肇**〉選自《幽明錄》。藉由劉、阮二人在天台山中迷路的仙境豔遇的故事，表現人們在亂世中對平和幸福生活的企盼。「劉阮上天台」，之後則成了表現男女歡會的常用典故。

〈**韓憑夫婦**〉選自《搜神記》。描寫宋康王奪了韓妻，韓憑夫婦殉情相依戀的愛情故事。

作者

劉義慶，《幽明錄》的編撰者。彭城（今江蘇徐州）人，生於東晉安帝元興二年（西元四〇三年），卒於宋文帝元嘉二十一年（西元四四四年），年四十二。世襲為宋臨川王，性情簡樸恬淡，愛好文學，招集了許多文學作家，編撰了志人小說的代表作《世說新語》，以及志怪小說的佳作《幽明錄》。《幽明錄》所記載的，雖多為鬼神怪異之事及民間傳說，但佛、道宗教色彩不如《搜神記》濃厚。

干寶，《搜神記》的編撰者。新蔡（今河南新蔡）人，約生於西晉太康、元康年間（西元二八〇至二九九年），卒於東晉穆帝永和十二年（西元三五六年）前後。勤學博聞，著有《晉紀》，時稱「良史」。《搜神記》的編撰旨趣，在於說明宗教神鬼的真實性。

本文

劉晨阮肇

劉義慶

漢明帝永平五年❶，剡縣❷劉晨、阮肇共入天台山❸取谷皮❹，迷不得返。經十三日，糧食乏盡，饑餒殆死。遙望山上有一桃樹，大有子實；而絕岩邃澗，永❺無登路。攀援藤葛，乃得至上。各啖❻數枚，而饑止體充。復下山，持杯❼取水，欲盥漱，則蕪菁❽葉從山腹流出，甚鮮新，復一杯流出，有胡麻飯糝❾。相謂曰：「此必去人徑❿不遠。」便共沒水，逆流二三里。

得⓫度山，出一大溪。溪邊有二女子，姿質妙絕，見二人持杯出，便笑曰：「劉阮二郎，捉向所失流杯來。」晨、肇既不識之，緣⓬二女便呼其姓，如似有舊，乃相見欣喜。問：「來何晚耶？」因邀還家。其家銅瓦屋，南壁及東壁下各有一大牀，皆施絳⓭羅帳，帳角懸鈴，金銀交錯。牀頭各有十侍婢。敕云：「劉阮二郎，經涉山岨⓮，向雖得瓊實⓯，猶尚虛弊⓰，可速作食。」食胡麻飯、山羊脯、牛肉，甚甘美。食畢，行酒。有一群女來，各持五三桃子。笑而言：「賀汝婿來。」酒酣作樂，劉阮欣怖交並。至暮，令各就一帳宿，女往就⓱之，言聲清婉，令人忘憂。

十日後，欲求還去，女云：「君已來是，宿福⑱所牽，何復欲還耶？」遂停半年。氣候草木是春時，百鳥啼鳴，更懷悲思，求歸甚苦。女曰：「罪牽君⑲，當可如何？」遂呼前來女子，有三四十人，集會奏樂，共送劉阮，指示還路。既出，親舊零落⑳，邑屋改異，無復相識。問訊得七世孫，傳聞上世入山，迷不得歸。至晉太元八年㉑，忽復去，不知何所。

韓憑夫妻

干寶

宋康王㉒舍人㉓韓憑，娶妻何氏，美，康王奪之。憑怨，王囚之，論為城旦㉔，妻密遺憑書，繆㉕其辭曰：「其雨淫淫㉖，河大水深，日出當㉗心。」既而王得其書，以示左右，左右莫解其意。臣蘇賀對曰：「其雨淫淫，言愁且思也；河大水深，不得往來也；日出當心，心有死志也。」俄而憑乃自殺。

其妻乃陰㉘腐其衣。王與之登臺，妻遂自投臺，左右攬之，衣不中手㉙而死。遺書於帶曰：「王利㉚其生，妾利其死，願以屍骨，賜憑合葬！」王怒，弗聽，使里人埋之，塚相望也。王曰：「爾夫婦相愛不已，若能使塚合，則吾弗阻也。」宿昔㉛之間，便有大梓木生於二塚之端，旬日而大盈抱，而屈體相就，根交於下，枝錯於上。又有鴛鴦，雌雄各一，棲樹上，晨夕不去，交頸悲鳴，音聲感人。宋人哀之，遂號其木曰「相思樹」。「相思」之名，起於此也。南人謂此禽即韓憑夫婦之精魂。今睢陽㉜有韓憑城，其歌謠至今猶存。

注釋

❶ **漢明帝永平五年** 西元六二年。

❷ **剡縣** 在今浙江嵊縣西南。剡，音ㄕㄢˋ。

❸ **天台山** 在今浙江天台縣北。
❹ **谷皮** 谷樹皮，古人用來做帽子。
❺ **永** 完全。
❻ **啖** 吃，音ㄉㄢˋ。
❼ **杯** 古時對器皿的通稱，此處指碗。
❽ **蕪菁** 蔬菜名。
❾ **胡蔴飯糝** 摻有芝蔴的米飯。糝，煮熟的米粒，音ㄙㄢˇ。
❿ **人徑** 人走的小路，此指人的住所。
⓫ **得** 當。
⓬ **緣** 由於。
⓭ **絳** 深紅色。
⓮ **岨** 同「砠」，覆蓋著土的石山，此指險峻的山，音ㄐㄩ。
⓯ **瓊實** 像美玉一樣的果實，此指仙桃。
⓰ **虛弊** 虛弱疲累。
⓱ **就** 陪伴。
⓲ **宿福** 前世修來的福分。

⑲ **罪牽君** 罪孽纏著你們。

⑳ **零落** 死亡。

㉑ **晉太元八年** 東晉孝武帝太元八年，西元三八三年。

㉒ **宋康王** 戰國末年有名的暴君，歷史上稱他為「桀宋」，說他像夏桀一樣凶殘無道。

㉓ **舍人** 戰國秦漢時期，王公達官的親近隨從。

㉔ **論為城旦** 判刑做城旦。城旦，是白天防備敵人、晚上修築城牆的刑罰。

㉕ **繆** 同「繚」，繚繞，隱晦曲折。

㉖ **淫淫** 下雨綿密的樣子。

㉗ **當** 照。

㉘ **陰** 暗地。

㉙ **衣不中手** 衣服禁不住手拉。中，合。

㉚ **利** 喜愛。

㉛ **宿昔** 一夜之間。

㉜ **睢陽** 在今河南商丘南。睢，音ㄙㄨㄟ。

研析

劉晨阮肇

內容上，此篇是「桃花源」之類的題材，表現人們在動盪時局中對平和幸福生活的渴望。在這深山的仙境中，盡是洋溢著親切歡樂的氣氛，既住得華麗、吃得美味，更有令人忘憂的溫婉女子相伴，生活豈不愜意。在情節的安排上，此篇在極短的篇幅中，以連續的懸疑效果緊扣讀者心絃：如岩澗中流出的飯碗，令人想一窺究竟；深山中的女子竟然熟識劉、阮二人，令人詫異；描寫的仙境，令人嚮往；他們半年後回到故里，竟已是傳了七世，又令人不可思議，給人一種恍若隔世的感覺；結尾的「忽復去，不知何所」，更加深了之前飄邈的感覺，甚有餘味。

韓憑夫婦

從此篇可見六朝志怪小說取材於民間傳說的情形。

此篇集中描寫韓憑夫婦愛戀的深情：只要在一起就好，那怕是生還是死。她對丈夫的愁思如淫雨不斷，卻又必須承受不得相見的痛苦，寧可自裁冀望於死後合葬相依，也不願在現實的分離中忍辱苟活。是她們愛情的默契吧！她信中並未明言，他卻深解其意而先殉情了。這是他們唯一可以相依的方法嗎？看她「陰腐其衣」、「遺書於帶」的準備動作，正是她堅貞愛戀的心。自塚端長出的相思樹，「根交於下，枝錯於上」，是他們如願的相擁相依；而在樹上不去的鴛鴦，是他們只要在一起就好的精魂。

二十、李娃傳

白行簡

題解

本篇節選自《太平廣記》卷四百八十四，被推為唐代傳奇小說中成就最高的一篇作品，情節複雜曲折，極具戲劇性，對人物性格心理的描繪，非常細膩明晰。故事描寫不經世事的名門子弟滎陽鄭生，入京考試，在長安遇見名妓李娃，為愛情所驅，一心想和李娃廝守。在錢財散盡後，被鴇母和李娃設計離棄，而後淪落在葬儀社中過活。鄭父本以為鄭生因被強盜所殺而無消無息，在發現真相後，幾乎把他鞭打至死。鄭生之後淪為乞丐，某日在清晨的大雪中悲號乞討，巧至李娃住處，終被原本對他情意漸濃的李娃收養照料，在李娃的鼓勵下中舉登科。最後和父親巧遇相認，娶了李娃為妻。元石君寶的雜劇〈李亞仙花酒曲江池〉，以及明薛近袞的傳奇〈繡襦記〉，均改編自〈李娃傳〉。

作者

白行簡，字知退，下邽（今陝西渭南）人，是白居易的弟弟。生於唐代宗大曆十一年（西元七七六年），二十九歲中進士，曾任祕書省校書郎、左拾遺等官，卒於唐敬宗寶曆二年（西元八二六年），年五十一。

行簡文筆和白居易相近，辭賦為當世的佼佼者。〈李娃傳〉如此曲折離奇、歷盡滄桑的傳奇，是他二十三歲時所作。原有文集二十卷，已亡佚。有七首詩收在《全唐詩》中，另有傳奇〈三夢記〉收在明鈔本的《說郛》中。

本文

天寶❶中，有常州刺史滎陽公❷者，略其名氏，不書。時望甚崇，家徒甚殷❸。知命之年❹，有一子，始弱冠❺矣，雋❻朗有詞藻，迥然不群❼，深為時輩推伏。其父愛而器之，曰：「此吾家千里駒也。」應鄉試秀才舉❽，將行，乃盛其服玩車馬之飾，計其京師薪儲之費❾，謂之曰：「吾覺爾之才，當一戰而霸。今備二載之用，且豐爾之給，將為其志也。」生亦自負，視上第如指掌❿。自毗陵⓫發，月餘抵長安⓬，居於布政里⓭。

嘗游東市還，自平康⓮東門入，將訪友於西南。至鳴珂曲⓯，見一宅，門庭不甚廣，而室宇嚴邃⓰，闔⓱一扉，有娃方凭⓲一雙鬟青衣⓳立，妖姿要妙⓴，絕代未有。生忽見之，不覺停驂㉑久之，徘徊不能去。乃詐墜鞭於地，候其從者勑㉒取之。累眄㉓於娃，娃回眸凝睇㉔，情甚相慕。竟不敢措辭而去。

生自爾若有失，乃密徵其友遊長安之熟者，以訊之。友曰：「此狹邪女㉕李氏宅也。」曰：「娃可求乎？」對曰：「李氏頗贍，前與之通者多貴戚豪族，所得甚廣，非累百萬，不能動其志也。」生曰：「苟患其不諧㉖，雖百萬，何惜！」

他日，乃潔其衣服，盛賓從而往。叩其門，俄有侍兒啟扃㉗。生曰：「此誰之第耶？」侍兒不答，馳走大呼曰：「前時遺策㉘郎也！」娃大悅曰：「爾姑止之，吾當整妝易服而出。」生聞之私喜。乃引至蕭牆㉙間，見一姥㉚垂白上僂㉛，即娃母㉜也。生跪拜前致詞曰：「聞茲有隙㉝院，願稅㉞以居，信乎？」姥曰：「懼其淺陋湫隘㉟，不足以辱長者所處，安敢言直㊱耶？」延生於遲㊲賓之館，館宇甚麗。與生偶坐㊳，因曰：「某有女嬌小，技藝薄劣，欣見賓客，

願將見之！」乃命娃出，明眸皓腕，舉步豔冶。生遽驚喜，莫敢仰視。與之拜畢，敘寒燠[39]，觸類妍媚[40]，目所未睹。復坐，烹茶斟酒，器用甚潔。久之，日暮，鼓聲四動[41]。姥訪[42]其居遠近，生紿[43]之曰：「在延平門[44]外數里。」冀其遠而見留也。姥曰：「鼓已發矣，當速歸，無犯禁。」生曰：「幸接歡笑，不知日之云夕[45]，道里遼闊，城內又無親戚，將若之何？」娃曰：「不見責僻陋，方將居之，宿何害焉？」生數目姥，姥曰：「唯唯。」生乃召其家僮，持雙縑[46]，請以備一宵之饌。娃笑而止之曰：「賓主之儀，且不然也。今夕之費，願以貧窶[47]之家，隨其粗糲[48]進之，其餘以俟他辰[49]」固辭，終不許。

俄徙坐西堂，幃幙[50]簾榻，煥然奪目；妝奩[51]衾枕，亦皆侈麗。乃張燭進饌，品味甚盛。徹饌[52]，姥起。生娃談話方切，詼諧調笑，無所不至。生曰：「前偶過卿門，遇卿在屏間。厥後心常勤念，雖寢與食，未嘗或捨。」娃答曰：「我心亦如之。」生曰：「今之來，非直求居而已，願償平生之志，但未知命也若何？」言未終，姥至，詢其故，具以告。姥笑曰：「男女之際，大欲存焉。情苟相得，雖父母之命，不能制也。女子固陋，曷足薦君子之枕席53？」生遂下階，拜而謝之曰：「願以己為廝養54！」姥遂目之為郎55，飲酣而散。

及旦，盡徙其囊橐56，因家於李之第。自是生屏跡戢身57，不復與親知相聞；日會倡優58儕類，狎戲遊宴。囊中盡空，乃鬻駿乘59，及其家童。歲餘，資財僕馬蕩然。邇來姥意漸怠，娃情彌篤。

他日，娃謂生曰：「與郎相知一年，尚無孕嗣。常聞竹林神60者，報應如響61，將致薦酹62求之，可乎？」生不知其計，大喜，乃質63衣於肆，以備牢醴64，與同謁祠宇而禱祝焉。信宿65而返。策驢而後，至（宣陽）里北門，娃謂生曰：「此東轉小曲中，某之姨宅也。將憩而覲之，可乎？」生如其言，前行不踰百步，果見一車門。窺其際，甚弘敞。其青衣自車後止之曰：「至矣。」

生下，適有一人出訪曰：「誰？」曰：「李娃也。」乃入告。俄有一嫗至，年可四十餘，與生相迎，曰：「吾甥[66]來否？」娃下車，嫗逆訪之曰：「何久疏絕？」相視而笑。娃引生拜之。既見，遂偕入西戟門[67]偏院，中有山亭，竹樹蔥蒨[68]，池榭[69]幽絕。生謂娃曰：「此姨之私第耶？」笑而不答，以他語對。俄獻茶果，甚珍奇。食頃，有一人控大宛[70]，汗流馳至，曰：「姥遇暴疾頗甚，殆不識人，宜速歸。」娃謂姨曰：「方寸亂矣。某騎而前去，當令返乘，便與郎偕來。」生擬隨之，其姨與侍兒偶語，以手揮之，令生止於戶外，曰：「姥且歿矣。當與某議喪事以濟其急，奈何遽相隨而去？」乃止，共計其凶儀齋祭[71]之用。日晚，乘不至。姨言曰：「無復命，何也？郎驟往覘[72]之！某當繼至。」生遂往，至舊宅，門扃鑰[73]甚密，以泥緘之。生大駭，詰其鄰人。鄰人曰：「李本稅此而居，約已周[74]矣。第主自收，姥徙居，而且再宿矣。」徵：「徙何處？」曰：「不詳其所。」生將馳赴宣陽[75]，以詰其姨，日已晚矣，計程不能達，乃弛其裝服，質饌而食，賃榻而寢。生恚[76]怒方甚，自昏達旦，目不交睫。質明[77]，乃策蹇[78]而去。既至，連叩其扉，食頃[79]無人應。生大呼數四，有宦者徐出，生遽訪之：「姨氏在乎？」曰：「無之。」生曰：「昨暮在此，何故匿之？」訪其誰氏之第。曰：「此崔尚書[80]宅。昨者有一人稅此院，云遲中表[81]之遠至者，未暮去矣。」

生惶惑發狂，罔知所措，因返訪布政舊邸[82]。邸主哀而進膳。生怨懣[83]，絕食三日，遘疾甚篤，旬餘愈甚。邸主懼其不起，徙之於凶肆[84]之中，綿綴移時[85]，合肆之人共傷嘆而互飼之。後稍愈，杖而能起。由是凶肆日假[86]之，令執繐帷[87]，獲其直[88]以自給。累月，漸復壯，每聽其哀歌[89]，自嘆不及逝者，輒嗚咽流涕不能自止。歸則效之。生，聰敏者也，無何，曲盡其妙，雖長安無有倫比。

初，二肆之傭凶器者[90]，互爭勝負。其東肆車輿皆奇麗，殆不敵，唯哀挽劣焉。其東肆長知生妙絕，乃醵[91]錢二萬索顧[92]焉。其黨耆舊[93]，共較其所能者，陰[94]教生新聲，而相贊和。累旬，人莫知之。其二肆長相謂曰：「我欲各閱所傭之器於天門街[95]，以較優劣，不勝者罰直五萬，以備酒饌之用，可乎？」二肆許諾。乃邀立符契，署以保證，然後閱之。士女大相和會，聚至數萬。於是里胥[96]告於賊曹[97]，賊曹聞於京尹[98]，四方之士，盡赴趨焉，巷無居人。

自旦閱之，及亭午[99]，歷舉輦[100]輿威儀之具，西肆皆不勝，師有慚色。乃置層榻[101]於南隅，有長髯者擁鐸[102]而進，翊衛[103]數人，於是奮髯揚眉[104]，扼腕頓顙[105]而登，乃歌〈白馬〉[106]之詞，恃其夙[107]勝，顧眄左右，旁若無人。齊聲贊揚之，自以為獨步一時，不可得而屈也。有頃，東肆長於北隅上，設連榻[108]，有烏巾少年，左右五六人，秉翣[109]而至，即生也。整衣服，俯仰甚徐，申喉發調，容若不勝。乃歌〈薤露〉[110]之章。舉聲清越，響振林木，度曲[111]位終，聞者歔欷掩泣。西肆長為眾所誚[112]，益慚恥，密置所輸之直於前，乃潛遁焉。四座愕眙[113]，莫之測也。

先是，天子方下詔，俾外方之牧[114]，歲一至闕下[115]，謂之入計[116]。時也適遇生之父在京師，與同列者易服章[117]，竊往觀焉。有老豎[118]，即生乳母婿也，見生之舉措辭氣，將認之而未敢，乃泫然流涕。生父驚而詰之，因告曰：「歌者之貌，酷似郎[119]之亡子。」父曰：「吾子以多財為盜賊所害，奚至是耶？」言訖，亦泣。及歸，豎間[120]馳往，訪於同黨曰：「嚮歌者誰？若斯之妙歟！」皆曰：「某氏之子。」徵其名，且易之矣。豎凜然大驚，徐往，迫而察之。生見豎色動，回翔[121]將匿於眾中。豎遂持其袂[122]曰：「豈非某乎？」相持而泣，遂載以歸。至其室，父責之曰：「志行若此，汙辱吾門。何施面目，復相見也？」

乃徒行出，至曲江[123]西杏園[124]東，去其衣服，以馬鞭鞭之數百，生不勝其苦而斃。父棄之而去。

其師[125]命相狎者陰隨之，歸告同黨，共日傷嘆，令二人齎葦席瘞焉[126]。至，則心下微溫。舉之，良久，氣稍通。因共荷而歸，以葦筒灌勺飲[127]，經宿乃活。月餘，手足不能自舉。其楚撻[128]之處皆潰爛，穢甚。同輩患之，一夕，棄於道周。行路咸傷之，往往投其餘食，得以充腸。十旬，方杖策[129]而起。被布裘，裘有百結[130]，襤褸如懸鶉[131]。持一破甌[132]，巡於閭里[133]，以乞食為事。自秋徂[134]冬，夜入於糞壤窟室，晝則周遊廛肆[135]。

一旦大雪，生為凍餒所驅，冒雪而出，乞食之聲甚苦；聞見者莫不悽惻。時雪方甚，人家外戶多不發，至安邑[136]東門，循理垣[137]北轉第七八，有一門獨啟左扉，即娃之第也。生不知之，遂連疾呼：「飢凍之甚！」音響悽切，所不忍聽。娃自閤[138]中聞之，謂侍兒曰：「此必生也，我辨其音矣。」連步而出，見生枯瘠疥厲，殆非人狀；娃意甚感焉，乃謂曰：「豈非某郎也？」生憤悶絕倒，口不能言，頷頤[139]而已。娃前抱其頸，以繡襦擁而歸於西廂，失聲長慟曰：「令子一朝至此，我之罪也！」絕而復蘇。姥大駭奔至，曰：「何也？」娃曰：「某郎。」姥曰：「當逐之！奈何令至此？」娃斂容卻睇曰：「不然，此良家子也，當昔驅高車，持金裝，至某之室，不踰期[140]而蕩盡，且互設詭計，捨而逐之，殆非人！令其失志，不得齒於人倫[141]；父子之道，天性也，使其情絕，殺而棄之；又困躓[142]若此；天下之人盡知為某也。生親戚滿朝，一旦當權者熟察其本末，禍將及矣。況欺天負人，鬼神不祐，無自貽[143]其殃也！某為姥子，迨今有二十歲矣，計其貲[144]，不啻[145]直千金。今姥年六十餘，願計二十年衣食之用以贖身，當與此子別卜所詣[146]，所詣非遙，晨昏得以溫凊[147]，某願足矣！」姥度其志不可奪，因許之。給姥之餘，有百金。北隅因[148]五家稅一隙院。乃與生沐浴，易其衣服；為湯粥，通其腸；次以酥[149]乳潤其臟。旬餘，方薦水陸之饌。頭巾履襪，皆取珍異者衣之。未數月，肌膚稍腴，卒歲，平癒如初。

異時，娃謂生曰：「體已康矣，志已壯矣。淵思寂慮[150]，默想曩昔之藝業，可溫習乎？」生思之，曰：「十得二三耳。」娃命車出游，生騎而從。至旗亭[151]南偏門鬻墳典[152]之肆，令生揀而市之，計費百金，盡載以歸。因令生斥棄百慮以志學，俾夜作晝，孜孜矻矻[153]；娃常偶坐，宵分[154]乃寐，伺其疲倦，即諭之作詩賦。二歲而業大就，海內文籍，莫不該[155]覽。生謂娃曰：「可策名試藝[156]矣！」娃曰：「未也，且令精熟，以俟百戰！」更一年，曰：「可行矣！」於是遂一上登甲科[157]，聲振禮闈[158]。雖前輩見其文，罔不斂衽[159]敬羡，願友之而不可得。娃曰：「未也，今秀士[160]苟獲擢一科第，則自謂可以取中朝之顯職，擅天下之美名；子行穢跡鄙，不侔[161]於他士。當礱淬利器[162]，以求再捷，方可以連衡[163]多士，爭霸群英。」生由是益自勤苦，聲價彌甚。其年，遇大比[164]，詔[165]徵四方之雋，生應直言極諫科[166]，策名第一，授成都府參軍[167]。三事[168]以降，皆其友也。

將之官，娃謂生曰：「今之復子本軀，某不相負也。願以殘年，歸養老姥！君當結媛鼎族[169]，以奉蒸嘗[170]！中外[171]婚媾，無自黷[172]也。勉思自愛，某從此去矣。」生泣曰：「子若棄我，當自剄[173]以就死。」娃固辭不從，生勤請彌懇。娃曰：「送子涉江，至劍門[174]，當令我回！」生許諾。

月餘，至劍門，未及發而除書[175]至，生父由常州詔入，拜成都尹，兼劍南採訪使[176]。浹辰[177]，父到；生因投刺[178]，謁於郵亭[179]；父不敢認，見其祖父官諱[180]，方大驚，命登階，撫背慟哭移時，曰：「吾與爾父子如初！」因詰其由；具陳其本末；大奇之，詰娃安在。曰：「送某至此，當令復還！」父曰：「不可！」翌日，命駕與生先之成都，留娃於劍門，築別館[181]以處之。明日，命媒氏通二姓之好，備六禮[182]以迎之，遂如秦晉之偶[183]。

注釋

❶ **天寶**　唐玄宗年號，西元七四二—七四五年。

❷ **常州刺史滎陽公**　常州的行政首長是滎陽公，姓鄭。常州，今江蘇武進。刺史，州的行政首長。滎陽，今河南滎陽，鄭姓是唐代滎陽的「郡望」（郡中顯貴的姓氏），此處是以郡望尊稱這位常州刺史，而不直言其姓氏。

❸ **家徒甚殷**　家中人口甚多。

❹ **知命之年**　五十歲。《論語・為政》：「五十而知天命。」

❺ **弱冠**　二十歲。古代男子二十歲為成人，行加冠禮；但身體尚未壯健，故稱「弱冠」。

❻ **雋**　通「俊」。

❼ **迥然不群**　遠遠地超過同輩。

❽ **應鄉試秀才舉**　指通過地方性的考試——鄉試，受推薦入京參加秀才科的全國性考試。

❾ **薪儲之費**　指生活費。

❿ **視上第如指掌**　視考上如在手中，極其容易。

⓫ **毗陵**　即常州，此為晉時的地名。

⓬ **長安**　唐代首都，今陝西西安。

⓭ **布政里**　長安街名。

⑭ **平康** 長安街坊名，鄰近布政里，在唐代是妓女聚居的地方。
⑮ **鳴珂曲** 長安街名。
⑯ **嚴邃** 整齊幽深。
⑰ **闔** 通「合」，關。
⑱ **凭** 通「憑」，倚靠。
⑲ **青衣** 古時地位低賤的人穿青衣，後用來代稱「婢女」。
⑳ **要妙** 極為曼妙。
㉑ **驂** 馬的俗稱，音ㄘㄢ。
㉒ **勑** 通「敕」，命令、吩咐，音ㄔˋ。
㉓ **累眄** 一再地斜視偷看。眄，音ㄇㄧㄢˇ。
㉔ **睇** 斜眼看，音ㄉㄧˋ。
㉕ **狹邪女** 指妓女。狹邪，即「狹斜」，狹路曲巷，指花街柳巷。
㉖ **苟患其不諧** 只怕事不成。
㉗ **扃** 門閂，音ㄐㄩㄥ。
㉘ **策** 馬鞭。
㉙ **蕭牆** 門屏，當門的小牆，又稱照牆。

30 **姥** 同「姆」，老婦人，音ㄇㄨˇ。

31 **垂白上僂** 垂著白髮，上身駝背。僂，音ㄌㄡˊ。

32 **母** 指鴇母。

33 **隙** 空。

34 **稅** 租。

35 **湫隘** 低下狹窄。湫，音ㄐㄧㄠˇ。

36 **直** 同「值」，指租金。

37 **遲** 同「徲」，接待，音ㄓˋ。

38 **偶坐** 相對而坐。

39 **敘寒燠** 互道天氣冷暖，寒暄。燠，音ㄩˋ。

40 **觸類妍媚** 指所見李娃的言談舉止，都極媚麗。

41 **鼓聲四動** 夜間報更的鼓聲從四面傳來，表示夜禁開始。順天門先擊鼓四百槌，擊完閉門，再擊六百槌，關閉坊與坊之間的門，不得通行。

42 **訪** 詢問。

43 **紿** 欺騙，音ㄉㄞˋ。

44 **延平門** 唐長安城西面有三門，靠南的是延平門。

㊺ **日之云夕**　時間到了晚上。云，語助詞。

㊻ **雙縑**　兩匹細絹。

㊼ **窶**　簡陋，音ㄐㄩˋ。

㊽ **粗糲**　粗菜淡飯。糲，粗米。

㊾ **其餘以俟他辰**　其他的等以後再說。

㊿ **幃幙**　同「帷幕」，帳幕。

51 **奩**　鏡匣，音ㄌㄧㄢˊ。

52 **徹饌**　吃完飯。

53 **薦君子之枕席**　指做妻子，準備丈夫的寢具。

54 **廝養**　奴僕。

55 **郎**　妻子對丈夫的稱呼，此指李娃的丈夫。

56 **囊橐**　指行李。囊，大袋。橐，小袋，音ㄊㄨㄛˊ。

57 **屏跡戢身**　指隱居。屏，音ㄅㄧㄥˇ；戢，音ㄐㄧˊ，都是隱藏的意思。

58 **倡優**　歌女戲子。

59 **鬻駿乘**　賣馬與車。鬻，音ㄩˋ。乘，音ㄕㄥˋ。

60 **竹林神**　當時長安人很崇信的神。唐文中屢見。

61 **報應如響** 指神明很靈驗，必有回應，如敲擊器物必有聲響。

62 **薦酹** 祭神的物品。薦，無牲的祭品。酹，祭酒，音ㄌㄟˋ。

63 **質** 抵押，音ㄓˋ。

64 **牢醴** 供神的酒肉。古時以牛、羊、豕為祭品，稱做牢。醴，甜酒。

65 **信宿** 連住兩夜。住一夜是宿，連住兩夜是信。

66 **甥** 指外甥女。古時姊妹的子、女都稱做甥。

67 **戟門** 唐代高官可在私宅門口懸掛木戟，以非顯貴，稱做戟門。

68 **蔥蒨** 草木青翠茂盛。

69 **榭** 臺上有屋子的建築。

70 **大宛** 指駿馬。大宛，是漢時西域國名，產良馬。

71 **凶儀齋祭** 喪禮與超度法會。

72 **覘** 看，音ㄓㄢ。

73 **鑰** 門鎖。

74 **周** 期滿。

75 **宣陽** 宣陽里，長安街名。

76 **恚** 恨怒，音ㄏㄨㄟˋ。

77 **質明**　天剛亮。質，假借為「準」，正。

78 **蹇**　跛；此為名詞，指驢子，音ㄐㄧㄢˇ。

79 **食頃**　指一頓飯的時間。

80 **尚書**　官名。唐六部的首長。

81 **中表**　即內外，指內兄弟和外兄弟，即父親姊妹的兒子和母親兄弟姊妹的兒子。

82 **邸**　旅舍。

83 **懣**　同「悶」，音ㄇㄣˋ。

84 **凶肆**　葬儀社。

85 **綿綴移時**　奄奄一息地過了一陣子。

86 **假**　僱用。

87 **繐帷**　指靈帳。

88 **直**　同「值」，報酬。

89 **哀歌**　輓歌。

90 **傭凶器者**　出租喪葬用具的店鋪。

91 **醵**　聚資。

92 **顧**　同「僱」。

93 **其黨耆舊** 同夥中的老前輩。

94 **陰** 暗地。

95 **天門街** 長安街名。

96 **里胥** 里長。胥，小官，音ㄒㄩ。

97 **賊曹** 官名，掌盜賊、詞訟等職務。曹，分科辦事的職官。

98 **京尹** 京兆尹，京師地方的最高長官。

99 **亭午** 正午。

100 **輦** 轎子，音ㄋㄧㄢˇ。

101 **層榻** 高臺。

102 **鐸** 大鈴，音ㄉㄨㄛˊ。

103 **翊衛** 護衛，簇擁。翊，同「翼」，音ㄧˋ。

104 **奮髯揚眉** 很神氣的表情。

105 **扼腕頓顙** 胸有成竹、神情自負的樣子。扼，握。頓顙，點頭。顙，前額，音ㄙㄤˇ。

106 **〈白馬〉** 輓歌名。古時用素車白馬送喪，有〈白馬〉詞的輓歌。

107 **夙** 從前。

108 **連榻** 長臺。

(109) **秉翣** 拿著大扇子。翣，音ㄕㄚˋ。

(110) **〈薤露〉** 輓歌名。比喻生命如薤葉上的露水，瞬間即逝。

(111) **度曲** 按曲歌唱。

(112) **誚** 責備，音ㄑㄧㄠˋ。

(113) **眙** 驚視，音ㄔˋ。

(114) **牧** 州長，各州刺史。

(115) **闕下** 宮闕之下，京城。

(116) **入計** 各州刺史每年進京上「計簿」給丞相，報告財務與政務，稱做入計。

(117) **服章** 古時官服依等級各有法定的圖案色彩，稱做服章。

(118) **豎** 僕人。本義為短褐，指僕人的衣著。

(119) **郎** 僕人對主人的稱呼。

(120) **間** 偷空，音ㄐㄧㄢˋ。

(121) **回翔** 轉身。

(122) **袂** 衣袖，音ㄇㄟˋ。

(123) **曲江** 池名，在長安東南，唐時著名的遊覽勝地。

(124) **杏園** 曲江西南方的一處名勝。

125 **師** 指教鄭生唱輓歌的師傅。

126 **齎葦席瘞焉** 拿蘆席埋葬他。齎，音ㄐㄧ。瘞，葬，音ㄧˋ。

127 **以葦筒灌勺飲** 用蘆管滴水灌飲。

128 **楚撻** 鞭打。楚，「荊」的別名，可做責罰用的鞭子。撻，打，音ㄊㄚˋ。

129 **杖策** 拄著枴杖。

130 **結** 衣物的補丁。

131 **繿褸如懸鶉** 衣服破得像掛著的鶉鳥。鶉，尾巴又短又禿，如衣服的短結，音ㄔㄨㄣˊ。

132 **甌** 小瓦盆。

133 **閭里** 里巷。古時里必有門，稱做閭。

134 **徂** 到，音ㄘㄨˋ。

135 **廛肆** 指市場。廛、肆，店鋪。

136 **安邑** 安邑里，長安街名。

137 **理垣** 裡牆，垣，音ㄩㄢˊ。

138 **閤** 同「閣」。

139 **頷頤** 點頭。頷，點頭，音ㄏㄢˋ。頤，臉頰。

140 **期** 一年，音ㄐㄧ。

141 **齒於人倫** 並列於親友間。

142 **困躓** 窘迫受挫。躓，音ㄓˋ。

143 **貽** 留，音ㄧˊ。

144 **貲** 財貨，指娃母花在李娃身上的錢，音ㄗ。

145 **不啻** 不止。啻，音ㄔˋ。

146 **別卜所詣** 另外找地方住。詣，往。

147 **晨昏得以溫凊** 指時時能夠問安侍候。溫凊，即冬溫夏凊，冬天為之禦寒，夏天為之避暑。凊，涼，音ㄐㄧㄥˋ。

148 **因** 連接著，隔著。

149 **酥** 乳酪。

150 **淵思寂慮** 深思靜慮。

151 **旗亭** 市樓。建在集市中，其上立有旗子，用來指揮集市的集散。

152 **墳典** 指古書。後人稱三皇的書為「三墳」、五帝的書為「五典」。

153 **孜孜矻矻** 不停地勤奮努力。孜，音ㄗ。矻，音ㄎㄨˋ。

154 **宵分** 夜半。

155 **該** 皆，都。

156 **策名試藝**　報名考試。

157 **甲科**　唐代進士分甲、乙兩科，甲科較難考。

158 **禮闈**　禮部，主管進士考試。

159 **斂衽**　整理衣襟，肅然起敬。

160 **秀士**　秀才。唐時通稱應進士科考試及中試的人為秀才。

161 **侔**　相等。

162 **礱淬利器**　磨鍊鋒利的兵器，比喻精進不已。礱，磨石，此為動詞，磨礪，音ㄌㄨㄥˊ。淬，鍛鍊刀劍時，先燒紅再浸入水中，使其堅固，音ㄘㄨㄟˋ。

163 **連衡**　結交。

164 **大比**　官吏登用的考試。

165 **詔**　唐朝除禮部考試外，皇帝也可下詔舉行特別的考試，叫做「制舉」，由皇帝親自策試於殿廷。已中進士的人，也可報考。

166 **直言極諫科**　制舉中的科目。

167 **成都府參軍**　成都府治在今四川成都。參軍，幕僚官。

168 **三事**　三公。唐時三公是太尉、司徒、司空，古稱三事大夫。因三公無職，但可參與六卿之事，故稱三事。

169 **結媛鼎族** 和豪族女子結婚。媛，美女。鼎，大。

170 **以奉蒸嘗** 指讓妻子管理家務。蒸嘗，本指秋冬二祭，後泛稱家中一般的祭祀。

171 **中外** 中表親戚。

172 **黷** 同「瀆」，輕慢，糟蹋。

173 **自剄** 自刎。

174 **劍門** 唐縣名，今四川劍閣北，是由北方出入成都的要道。

175 **除書** 授官的公文。

176 **劍南採訪使** 劍南道的採訪處置使，負責考核劍南道官員的政績。

177 **浹辰** 十二日。古時以十二辰計日，從子至亥是十二辰，稱做浹辰。浹，通「匝」，周匝，音ㄗㄚ。

178 **刺** 名帖，名片。

179 **郵亭** 驛館。傳遞文書與中途休息的地方。

180 **官諱** 官銜和名字。古不直稱君主與尊長的名字，即是諱。

181 **別館** 別業。本宅之外的房子。

182 **六禮** 古代娶妻禮典的六道程序，包括納采、問名、納吉、納徵、請期、親迎。

183 **秦晉之偶** 指成為夫妻。春秋時，秦晉兩國世代為婚姻，後人遂稱結婚的兩家為秦晉之偶。

研析

愛情有時是無法分說的，愛上了就是愛上了，讓人不顧一切，即使旁人有多少理性的批評，也掩不住純情的愛的動人心曲。天真得連妓院坊曲都不認得的鄭生，忽見李娃的妖姿要妙，竟是看傻了，楞在當場。那為了多看李娃幾眼而故意掉了馬鞭的痴情動作，那和李娃四目相交下心神盪漾的表情，以及那不敢交談、莫敢仰視既愛又怯的忐忑心境，是令人心動的。他為了接近李娃，謊編租屋的訊息而加以詢問，謊稱住得太遠無法夜歸，卻不知正中鴇母之計。這謊言背後的認真愛慕的心意，在鴇母將計就計、甕中捉鱉的映襯下，已然要令讀者為鄭生的純情和未來的遭遇而長嘆了。他所有的心情都在李娃身上了，他忘記了考試，也不再和親友往來，只是一意地與李娃廝守。愛情成為他生命的唯一價值，愛情也讓他對李娃是百分百的信任。但是，他的阮囊羞澀，實在是令讀者擔心。完全的付出，最後換來的竟是惡意的遺棄，這最深的心痛不是愛人不在身邊，而是：我最心愛的人欺騙了我！看鄭生大怒、夜不成眠、天一亮就迫不及待地追訪，那無法相信也無法承受的心情，是慌亂到了極點。淪落到了葬儀社中，鄭生那令人掩泣的輓歌唱腔，以及無法承受悲愴的身軀，實在是被愛人遺棄而悲痛失落無依憔悴的心境反射。當他變為乞丐，在饑凍交迫的哀號乞食聲中，更多了被父親狠心鞭死遺棄、連至親也不容的悲愴。在李娃和他相認時，滿身的卑瑣穢垢，他既無法面對李娃，又無法釋懷於她惡意的遺棄，憤懣複雜的心情一剎時紛然湧出，而氣結倒地。看鄭生最後在李娃勸勉之下的苦讀，終於，他曾因愛而荒蕪的心，又因愛而生機盎然了。他心靈安頓的關鍵，在於愛情，當然他說什麼也不願再失去李娃，何況他是經歷了凡人所難以承受的遭遇，好不容易才重回李娃的懷抱。

李娃起初只是職業性地色誘鄭生：一展妖姿、回眸凝視、舉步豔冶；對鄭生施以柔情假意：故意讓鄭生聽到她要換裝相見的興奮語調，在鄭生表白愛意後故作依戀地附和說「我心亦如之」。在鄭生資財蕩盡後，李娃與鴇母又是煞費周章地設計將他給甩了，藉由問神求子溫馨的愛意，遮掩她們心計的狠絕，對於鄭生的詢問，是成謀在胸的「笑而不答，以他語對」。但是看李娃和鄭生重會的過程：她竟然能認得出鄭生淒絕的哀號聲，不嫌他汙穢而難過地抱著他，立刻解了繡襦關切心痛地為他取暖，終於為了鄭生而違逆鴇母的心意，之後以贖罪彌補的心情細心調養他，勉勵他重拾理想。這在在都呈現了李娃之前在鄭生的真情對待下，的確是「娃情彌篤」了，由此也可看到李娃在離棄鄭生前、後的心理衝擊。在當時門當戶對的觀念下，李娃最後決定功成身退的心意，正是他為愛情付出犧牲不計回報的表現。

篇中對其他人物的描寫也頗為傳神。如寫鴇母的老練：初見鄭生時客氣謙敬地應對，欲迎還拒地催鄭生趁夜早歸、順水推舟地留宿鄭生，以及鴇母職業性的勢利現實。又如寫鄭父對鄭生的殷望厚愛、愛深責切的傷痛棄絕，以及後來與鄭生相認時疑惑驚訝猶豫又盼望的心境。此外，寫東肆長為勝西肆，預做準備又故意相約競賽的心機，寫鄭生乳母婿確認鄭生的過程中，想要一窺究竟的關心急迫的心情，也相當生動。

現代
文學

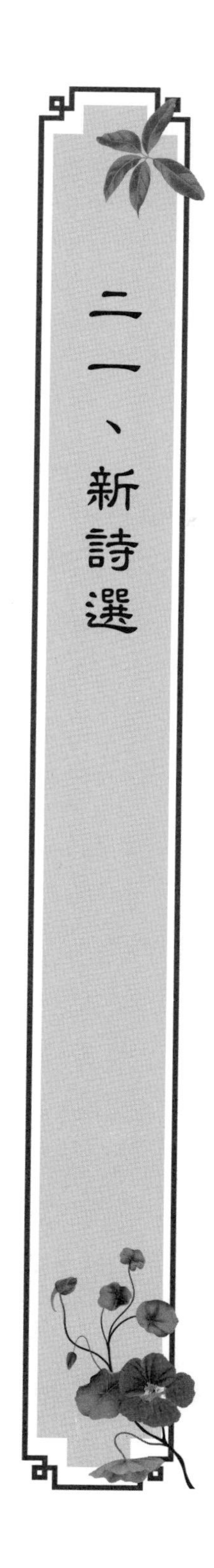

二一、新詩選

題解

〈卑亞南蕃社〉：選自《鄭愁予詩集Ⅰ》，本詩為作者「南湖大山輯」七首之一，南湖大山位于中央山脈脊嶺，高三千七百四十公尺，為花蓮、宜蘭、臺中三縣市交界點。全詩以樹為喻，表達夫妻間個性和理想之差異。

〈關於泰雅〉：選自《新詩三百首》，本詩曾獲一九九二年年度現代詩獎。泰雅，指泰雅族，為臺灣十六族原住民之一。全詩是由兩首小詩合成的組詩，詩中處處洋溢著父親對孩子殷切的期許與告誡之情。

〈水牛圖〉：選自《新詩三百首》，一九六六年發表於《笠詩雙月刊》。全詩旨藉水牛的意象寫水牛息息相關的農民的人生觀。

作者

鄭愁予，本名鄭文韜，原籍河北，一九三三年生於山東。中興大學畢業後曾任職基隆港務局，一九六八年赴美國愛荷華大學國際寫作中心研究，獲藝術碩士學位，畢業後任教於愛荷華大學、耶魯大學，近年落籍金門。著有詩集《夢土上》、《鄭愁予詩集》、《寂寞的人坐著看花》等。一九九五年獲國家文藝獎新詩獎。

瓦歷斯・諾幹，漢名吳俊傑，筆名柳翺、瓦歷斯・尤幹，臺灣泰雅族人，一九六一年生於臺中。臺中師範專科學院畢業，現在自由國小烏石分校任教。一九九〇年創辦《獵人文化》月刊，著有詩集《想念族人》、散文集《永遠的部落》。曾獲《聯合報》文學獎、年度詩獎等。

詹冰，本名詹益川，臺灣苗栗人，一九二一年生，二〇〇四年病逝臺中。臺中一中、日本明治藥專畢業。臺灣光復後，開始學習中文，一九五八年受聘為卓蘭中學教師，中文日漸成熟，始重拾詩筆。一九六四年《笠》詩刊創刊，為該刊創始人之一。作品有詩集《綠血球》、《實驗室》、《太陽、蝴蝶、花》；兒童劇本《日月潭的故事》；小說《天使的笑聲》等。早期作品實驗性質較明顯，晚期作品則傾向於人文關懷。

本文

卑亞南蕃社

鄭愁予

我底妻子是樹，我也是的；
而我底妻是架很好的紡織機，
松鼠的梭，紡著縹緲的雲，
在高處，她愛紡的就是那些雲

而我，多希望我的職業
祇是敲打我懷裡的
　小學堂的鐘，
因我已是這種年齡——
啄木鳥立在我臂上的年齡。

關於泰雅(Atayal)

瓦歷斯·諾幹

一、出生禱詞

嬰兒就要出生，
從媽媽的肚子裡，
像河水順暢地滑出來。
很快地，你就要出來，
用你螢火蟲般的亮光，
照耀叢林的缺口。
像風，像鳥翼，像飄雲，
沒有纏藤能夠阻礙你。

快快出來，孩子
偷懶的雙腿，

茅草纏繞並且發胖，
貪戀睡眠的身軀，
精靈使你發腫。
出來讓我們見面，
祖父備好小番刀，
等待你獵回第一隻野獸，
祖母備好織布機，
等你編織第一件華服。

出來了，嬰兒出來了，
一對鷹隼❶的眼睛閃閃發光，
四肢如強健的雲豹，
熊的心臟，瀑布的器聲

嫩草的髮，高山的軀體
完美的嬰兒，
自母親的靈魂底層，
成為一個人(Atayal)[2]。

二、給你一個名字

孩子，給你一個名字。
你的臍帶，安置在
聖簍內，機胴內，[3]
你是母親分出的一塊肉。

孩子，給你一個名字，
讓你知道雄偉的父親，

一如我的名字有你驕傲的祖父，
你孩子的名字也將連接你❹。

孩子，給你一個名字。
要永遠記得祖先的勇猛，
像每一個獵首歸來的勇士❺，
你的名字將有一橫黥面❻的印記。

孩子，給你一個名字。
要永遠謙卑的向祖先祈禱，
像一座永不傾倒的大霸尖山❼，
你的名字將見證泰雅的榮光。

水牛圖

詹冰

角　角
　黑
擺動黑字型的臉
同心圓的波紋就繼續地擴開
等波長的橫波上
夏天的太陽樹葉在跳扭扭舞
水牛浸在水中但
不懂阿基米德原理❽
角質的小括號之間
一直吹過思想的風
水牛以沈在淚中的
眼球看太空的雲

以複胃反芻❾寂寞
傾聽歌聲蟬聲以及無聲之聲
水牛忘卻炎熱與
時間與自己而默然等待也許
永遠不來的東西
只等待等待再等待！

注釋

❶ **鷹隼** 一種能捕鳥兔的鷹名。鷹隼就是指在田獵時，用來追捕禽獸的鷹。隼，音ㄓㄨㄣˇ。

❷ **Atayal** 泰雅族自稱為Atayal，人的意思。

❸ **聖簍、機胴** 泰雅族嬰兒臍帶脫落後，男的由父親收藏於聖簍內，期待長大後成為勇士，聖簍內置發火器及馘首之頭髮。女嬰，則由母親收藏於織布機的機胴內，期待長大成人後精於織布。

❹ **「讓你知道雄偉的父親」三句** 泰雅族命名方式為「父子連名制」，即在自己名字的下方加入父親的名字。

❺ **像每一個獵首歸來的勇士** 泰雅族信仰祖靈，一個人生而為Gaga的一員，個人的生存必賴Gaga，積極參與Gaga的群體功能，是個人最大的安全與維持生存的保障。出草獵首為泰雅族男人爭取榮譽與地位的主要手段。

❻ **黥面** 本為古時在囚犯面額上刺字的肉刑；此指泰雅族人臉上的刺青，為其風俗之一。黥，音ㄑㄧㄥˊ。

❼ **大霸尖山** 泰雅族澤放列亞族(Tseole)相傳以大霸尖山為祖先發源地。

❽ **阿基米德原理** 物理學名詞。為阿基米德在洗澡時所發現。物體在液體中時，因受浮力而重量減輕，而所減去的重量，為該物體所排除的液體的重，也就是等於該物體同體積液體的重。

❾ **反芻** 動物學用語。指獸類吃東西入胃後，能反至口中再行咀嚼的現象。

研析

卑亞南蕃社

本詩是作者在臺灣中部旅行時，藉著在南湖大山卑亞南蕃社看到的兩棵樹來抒發情懷。共分兩段：

首段前三行寫景，末行抒情：作者一開頭就說「我底妻子是樹」，這個懸疑，在下半句「我也是的」化解了，可知這句是樹的獨白。第二行另啟新疑：既是樹，為何又說是「紡織機」呢？第三行提供了一個饒富詩意的解答：松鼠在樹枝間跳躍如「梭」，白雲飄過宛如「紡」就的布匹。末行明示妻子的個性。

次段則把景象拉到可親的小學堂藉以抒情：前三句寫其理想，用「多希望」具渴望之切但事與願違之情；末二句寫其遺憾：有啄木鳥立在臂上，表示木已腐朽，不堪做棟樑之材，因此，當初錯失時機以致理想成空的遺憾，不言而喻。

關於泰雅

一、出生禱詞：共分三段，前兩段皆是期待嬰兒出生。首段著重於希望嬰兒順利出世，如「像河水順暢地滑出來」、「像風、像鳥翼、像飄雲」等。次段前半再寫企盼之切，如「快快出來」；後半寫祖父母已備好見面禮，亦表家族對新生命的期許。末段寫嬰兒出生了，作者以豹、熊、瀑布、高山等意象形容完美的嬰兒，因取自原住民的生活環境，故語言具體而踏實。

二、給你一個名字：在結構上，共分四段，每段四句，每段皆以「孩子，給你一個名字」起首，在回旋反復的叫喚中，可見父親諄諄教誨之深情。在筆法上，前三段分述本族風俗：如首段將臍帶置入聖簍、機胴內，亦呼應第一首祖父母的見面禮「小番刀」、「織布機」；次段寫「父子連名制」的家族傳承法；第三段刺青乃勇士的表徵。末段告知本族的發源地，並望子孫壯偉如山，至此，父親之叮嚀囑告已成民族大愛，實在令人動容。

水牛圖

本詩是作者著名的圖象詩之一，所謂「圖象詩」是利用文字外在組成的形象，達到詩與畫並呈的雙重作用。

就形式而言：本詩雖有分行卻沒有分段，分行的原則是按水牛的體形為準：首先作者利用中文的特色，以「黑、角」三字表現出水牛的頭部；「黑」字不但描摹了水牛的頭部、顏色，也寫出與牠一起在太陽下耕田的農夫的膚色。第二、四、十二、十四行，分表水牛的四肢；第六至十行為牛腹；最後二行為牛尾。

就內容而言：前七行寫水牛的外型與環境，第八行起轉入水牛的內心及沉思，第十三行起續寫水牛對時間、空間所採取的態度，而此默然、堅忍的「等待」，正是傳統農民的最佳寫照。

尤須一提的是，第十六行的「只」單列一行，除了有圖形需要外，亦點明全詩主旨的關鍵：除了「等待」，別無他途。

二二、臨床講義

蔣渭水

題解

本文選自《蔣渭水傳——臺灣的先知先覺者》，原以日文寫成，發表於西元一九二一年《文化協會第一號會報》。作者別出心裁，以臨床診斷書的形式，先簡介臺灣歷史、地理與人文，再針對現狀提出針砭與建言，顯現出醫人醫國的人文情懷。

作者

蔣渭水，字雪谷，臺灣宜蘭人，生於西元一八九一年。童年進入私塾，接受漢文教育，17歲就讀宜蘭公學校，一九一〇年，就讀臺北醫校，畢業後在臺北行醫。

一九二一年成立「臺灣文化協會」，二三年一月組織「臺灣議會期同盟會」，十二月發生「治警事件」，先被拘留六十天，作《獄中日記》；後又判刑入獄八十天，作《獄中隨筆》。一九二七年，成立臺灣民眾黨，爭取地方自治、提倡言論自由，是臺灣第一個現代化政黨，被譽為「臺灣的孫中山」（黃煌雄）。一九三一年因傷寒病逝臺北。

本文

患者：臺灣
姓名：臺灣島
性別：男
年齡：移籍❶現住址已有二十七歲。
原籍：中華民國福建省臺灣道❷。
現住所❸：日本帝國臺灣總督府。
番地❹：東經一二〇──一二二，北緯二二──二五。
職業：世界和平第一關門的守衛❺。
遺傳：明顯地具有黃帝、周公、孔子、孟子等血統。
素質：為上述聖賢後裔，素質強健，天資聰穎。

既往症❻：幼年時（即鄭成功時代❼），身體頗為強壯，頭腦清晰，意志堅強，品性高尚，身手矯健。自入清朝，因受政策毒害，身體逐漸衰弱，意志薄弱，品性卑劣，節操低下。轉居日本帝國後，接受不完全的治療❽，稍見恢復，唯因慢性中毒長達二百年之久，不易霍然❾而癒。

現症❿：道德頹廢，人心澆漓⓫，物欲旺盛，精神生活貧瘠，風俗醜陋⓬，迷信深固，頑迷不悟⓭，罔顧衛生，智慮淺薄，不知永久大計，只圖眼前小利，墮落怠惰，腐敗，卑屈，怠慢，虛榮，寡廉鮮恥，四肢倦怠，惰氣滿滿，意氣消沉，了無生氣。

主訴⓮：頭痛，眩暈，腹內飢餓感⓯。

最初診察患者時，以其頭較身大，理應富於思考力，但以二三常識問題試加詢問，其回答卻不得要領，可想像患者是個低能兒。頭骨雖大，內容空虛，腦髓並不充實；聞及稍微深入的哲學、數學、科學及世界大勢，便目暈頭痛。

此外，手足碩長發達，這是過度勞動所致。其次診視腹部，發現腹部纖細凹陷，一如已產生婦人，腹壁發皺，留有白線⑯。這大概是大正五年歐洲大戰⑰以來，因一時僥倖，腹部頓形肥大⑱；但自去夏吹起講和之風，腸部即染感冒，又在嚴重的下痢摧殘⑲下，使原本擴張的腹壁急遽縮小所引起的。

診斷：世界文化的低能兒。

原因：知識的營養不良。

經過：慢性疾病，時日頗長。

預斷：因素質純良，若能施以適當療法，尚可迅速治療。反之，若療法錯誤，遷延時日，有病入膏肓⑳死亡之虞。

療法：原因療法，即根本治療法㉑。

處方：

正規學校教育　最大量

補習教育　最大量

幼稚園　最大量

圖書館　最大量

讀報社[22]　最大量

若能調和上述各劑，迅速服用，可以二十年內根治。尚有其他特效藥品，此處從略。

大正十年（一九二一年）十一月二十日

主治醫師　蔣渭水

注釋

❶ **移籍** 指《馬關條約》將臺灣割讓給日本。

❷ **臺灣道** 清領時期，臺灣尚未建省以前，臺灣屬於福建省臺灣道管轄。

❸ **住所** 日語，地址。

❹ **番地** 日語，門牌號碼。

❺ **世界和平第一關門的守衛** 形容臺灣地位處於東亞南來北往的必經之地。

❻ **既往症** 日語，過去的病歷。

❼ **鄭成功時代** 西元一六六一年四月，鄭成功在鹿耳門登陸，與荷蘭人作戰，隔年二月，荷蘭人投降，開啟臺灣史上的明鄭時期，歷子鄭經、孫鄭克塽三代，共二十二年。

❽ **不完全的治療** 日治時期，大力推動國民教育，建立法治觀念，動機在於培養殖民地的生產能力，維護社會秩序，並未將臺灣人平等的對待。

❾ **霍然** 迅速。

❿ **現症** 日語，現在的情況。

⓫ **澆漓** 浮薄無情。漓，薄。

⓬ **醜陋** 低俗淺陋。

⓭ **頑迷不悟** 頑固沉迷，不知醒悟。

⑭ **主訴** 日語，病人對病情的主要陳訴。

⑮ **腹內肌餓感** 比喻貪求欲望非常強烈。

⑯ **腹壁發皺，留有白線** 婦人生產後，腹部留下白色線紋，又叫「妊娠紋」。

⑰ **歐洲大戰** 指第一次世界大戰（西元一九一四至一九一八年），源於奧國太子被刺，從歐洲蔓延，幾乎遍及全世界。

⑱ **一時僥倖，腹部頓形肥大** 比喻日本第一次世界大戰擊敗德國後自我膨脹，即臺語的「膨風」。

⑲ **下痢摧殘** 比喻日本在第一次世界大戰後，強行接收德國在山東的權利，而在國際壓力下，被迫放棄。

⑳ **病入膏肓** 形容病情落入無可救藥的地步。肓，音ㄏㄨㄤ。

㉑ **根本治療法** 只要解決根本問題，一切外表症狀自然消除。

㉒ **讀報社** 張貼報紙供大眾閱覽，有時有專人讀報、解說的館社。

研析

本篇以診斷書的形式寫作，不但發揮作者的專長，且鞭辟入裡，切中時弊，堪稱近代臺灣啟蒙思潮中最具代表性的「診斷書」。

首先，他介紹患者，讓讀者扼要了解臺灣史地文化、當時臺灣人民的身心狀況（道德頹廢，罔顧衛生，四肢倦怠等）；接著，以診斷內容說明臺灣病態形成的原因（知識的營養不良）與治療的方法（即根本治療法）；最後，提出根本治療藥方（最大劑量的正規學校教育、補習教育、幼稚園、圖書館、讀報社），這個治療法須持之以恆，不是一蹴可幾。

全篇以譬喻方式指出臺灣文化素養與社會風氣待改善之處，在欣賞本文之餘，讀者或該深思：今日臺灣，是已經痊癒或宿疾依舊？

二三、萬物之母

許地山

題解

本文選自《中國現代作家選集1許地山》，描寫在離亂的年代裏，一位年輕寡婦日夜在山谷中尋找早已被亂兵殺死的兒子，在譴責戰爭之餘，更顯母愛之崇高。

作者

許地山，名贊堃，字地山，筆名落華生。一八九三年生於臺灣臺南，甲午戰爭後，清廷割讓臺灣，舉家遷居福建龍溪，一九四一年因心臟病逝世於香港。

一九一七年起先後就讀燕京大學文學院、宗教學院，一九二三年留學美國哥比亞大學攻讀印度哲學和宗教比較學，獲文學碩士學位。一九二四年進入牛津大學研究印度宗教、人類學、梵文、希臘文。回國後，曾任教燕京大學、香港大學等。

許地山早期作品因受時代情勢和宗教信仰之影響，帶有浪漫主義和宗教色彩，如散文集《空山靈雨》；一九三五年起留居香港，因積極參與社會活動和抗日工作，思想產生變化，作品具有蒼勁堅實的寫實風格，如小說集《危巢墜簡》。

本文

在這經過離亂的村裏，荒屋破籬之間，每日只有幾縷零零落落的炊煙冒上來；那人口底稀少可想而知。你一進到無論哪個村裏，最喜歡遇見的，是不是村童在阡陌間或園圃中跳來跳去；或走在你前頭，或隨著你步後模仿你底行動？村裏若沒有孩子們，就不成村落了。在這經過離亂的村裏，不但沒有孩子，而且有人向你要求孩子！

這裏住著一個不滿三十歲的寡婦，一見人來，便要求說：「善心善行的人，求你對那位總爺說，把我底兒子給回。那穿虎紋衣服、戴虎兒帽的便是我底兒子。」

她底兒子被亂兵殺死已經多年了。她從不會忘記：總爺把無情的劍拔出來的時候，那穿虎紋衣服的可憐兒還用雙手招著，要她摟抱。她要跑去接的時候，她底精神已和黃昏底霞光一同麻痺而熟睡了。唉，最慘的事豈不是人把寡婦懷裏的獨生子奪過去，且在她面前害死嗎？要她在醒後把這事完全藏在她記憶的多寶箱裏，可以說，比剖芥子來藏須彌還難❶。

她底屋裏排列了許多零碎的東西，當時她兒子玩過的小囝❷也在其中。在黃昏時候，她每把各樣東西抱在懷裏說：「我底兒，母親豈有不救你，不保護你的？你現在在我懷裏咧。不要作聲，看一會人來又把你奪去。」可是一過了黃昏，她就立刻醒悟過來，知道那所抱的不是她底兒子。

那天，她又出來找她底「命」。月底光明蒙著她，使她在不知不覺間進入村後的山裏。那座山，就是白天也少有人敢進去，何況在盛夏夜間，雜草把樵人底小徑封得那麼嚴！她一點也不害怕，攀著小樹，緣著蔦蘿❸，慢慢地上去。

她坐在一塊大石上歇息，無意中給她聽見了一兩聲的兒啼。她不及判別，便說：「我底兒，你藏在這裏麼？我來了，不要哭啦。」

她從大石下來，隨著聲音底來處，爬入石下一個洞裏。但是裏面一點東西也沒有。她很疲乏，不能再爬出來，就在洞裏睡了一夜。

第二天早晨，她醒時，心神還是非常恍惚。她坐在石上，耳邊還留著昨晚上的兒啼聲。這當然更要動她底心，所以那方從靄雲被裏鑽出來的朝陽無力把她臉上和鼻端底珠露曬乾了。她在瞻顧中，才看出對面山岩上坐著一個穿虎紋衣服的孩子。可是

她看錯了！那邊坐著的，是一隻虎子；它底聲音從那邊送來很像兒啼。她立即離開所坐的地方，不管當中所隔的谷有多麼深，儘管攀緣著，向那邊去。不幸早露未乾，所依附的都很濕滑，一失手，就把她溜到谷底。

她昏了許久才醒回來。小傷總免不了，卻還能夠走動。她爬著，看見身邊暴露了一副小髑髏❹。

「我底兒，你方才不是還在山上哭著麼？怎麼你母親來得遲一點，你就變成這樣？」她把髑髏抱住，說：「呀，我底苦命兒，我怎能把你醫治呢？」悲苦儘管悲苦，然而，自她丟了孩子以後，不能不算這是她第一次的安慰。

從早晨直到黃昏，她就坐在那裏，不但不覺得餓，連水也沒喝過。零星幾點，已懸在天空，那天就在她底安慰中過去了。

她忽想起幼年時代，人家告訴她的神話，就立起來說：「我底兒，我抱你上山頂，先為你摘兩顆星星下來，嵌入你底眼眶，教你看得見；然後給你找香象底皮肉來補你底身體。可是你不要再哭，恐怕給人聽見，又把你奪過去。」

「敬姑，敬姑。」找她的人們在滿山中這樣叫了好幾聲，也沒有一點影響。

「也許她被那隻老虎吃了。」

「不，不對。前晚那隻老虎是跑下來捕雲哥圈裏底牛犢被打死的。如果那東西把敬姑吃了，決不再下山來赴死。我們再進深一點找罷。」

唉，他們底工夫白費了！縱然找著她，若是她還沒有把星星抓在手裏，她心裏怎能平安，怎肯隨著他們回來？

注釋

❶ **比剖芥子來藏須彌還難**　芥子即芥菜子，比喻極細微之物；須彌，佛教語，山名；《維摩經・不可思議品》有「芥子納須彌」之語，作者引用此典故誇飾極難之意。

❷ **囝**　福建人稱小孩子為「囝」，音ㄐㄧㄢˇ。

❸ **蔦蘿**　指蔦和女蘿，一年生蔓草，纏捲在其他東西上，夏天時開白色或紅色花。

❹ **髑髏**　無肉的死人頭骨，音ㄉㄨˊ ㄌㄡˊ。

研析

首段先用對比法說明村中有無孩童之差異，若「不但沒有孩子，而且有人向你要求孩子」時，心裡的落差是否更大？造成此種現象的主因，作者開宗明義點出：離亂。

次段寫孩子受害當天的衣著是「穿虎紋衣服、戴虎兒帽」乃為寡母尋兒遇虎埋下伏筆。

第三段倒敘多年前的黃昏，寡母親眼看著兒子被亂兵殺死，實乃人間「最慘的事」。第四段承上續寫每到黃昏，寡母總將屋裡物品誤為兒子，其緊抱不放之言行，令人為之鼻酸。

第五段至第十二段細述尋兒過程：第五段次句說「她又出來找她底『命』」，用「又」字可見次數之頻繁；第八段寫她看到「對面山岩上坐著一個穿虎紋衣服的孩子。可是她看錯了！那邊坐著的，是一隻虎子」，「虎紋衣服」呼應次段，並產生一個致命的連結，她將虎子毛看成兒子衣，故不辭辛勞，跌跌撞撞地爬到對山；第九段寫她「看見身邊暴露了一副小髑髏」暗寓寡母下場；第十二段藉寡母欲實踐「摘星為眼、象皮補體」的神話，彰顯母愛之深廣無涯。

第十三段至文末，藉村民尋人的熱忱呈現作者的無奈：「他們底工夫白費了」，因為「若是她還沒有把星星抓在手裏，她心裏怎能平安」。以「星星」收尾，既呼應第十二段之神話傳說，又使全文蕩漾神祕之美與無盡之哀思。

二四、百合病人

王浩威

題解

本文選自《臺灣醫療文選》，作者將剛住院的病人比擬為一朵盛開的百合花，然而白日周旋在絡繹不絕探訪者中，費力配合演出後，終於在夜裡耗盡心力凋萎了。筆法詼諧寫實，將住院病人的心情細膩呈現。

作者

王浩威，南投人，一九六〇年生，筆名譚石、拉菲亞。畢業於高雄醫學院醫學系，曾任臺大醫院、和信醫院及花蓮慈濟醫院精神部主治醫師；《島嶼邊緣》、《醫望》雜誌總編輯，現為專任心理治療師。

王浩威熱愛精神醫療工作，也是全方位的作家，將人文關懷融入精神醫學，知性與抒情兼具。著有詩集《獻給雨季的歌》；散文《在自戀和憂鬱間飛行》、《海岸浮現》、《晚熟世代》等書。曾獲時報文學獎新詩首獎、吳魯芹散文獎。

本文

每一位剛剛住院的病人都像是一朵盛開的百合，雖然不急不徐的，總是以最沉穩的徹底綻放，尋找著他應該有的宴客姿態。即使他的疾病不是十分致命的，像雞眼、換鋼骨、早期發現的癌細胞，還可以前後快樂走動的大小毛病，通常還是要穩重地移動，找出住院應有的速度和語調，還有清清一些適合嘆息的喉嚨。眼睛是不可以看窗外的陽光，或是外頭車水馬龍的行人；通常還是必須微微低頭，像百合，有些搶眼但又不太招搖的，開始了一場親朋好友的宴會。

宴會的氣氛不一定歡樂，應該出席的都來了。沒多久的時間，舊日部屬送來的花束，姪女拎來一籃一籃的蘋果和水梨，小孩子們進進出出地追逐遊戲，子女到處張羅椅子招呼客人吃吃切好的水果，一切賓主都賣力演出，再也沒有更成功的聚會了。甚至連一些平常不愛露臉的，失去聯絡許久的，有些舊仇新怨而不相往來的，現在可都全到齊了。他們低聲勸著百合主人，各種養生要訣❶和秘方，雖然呼朋引伴一波又一波從不休息的擁來，還是諄諄❷囑咐不要太勞累了，而主人只是要割掉長年相處的石頭，長在膽囊裡的，氣色其實和昨天辦公室裡愛促狹❸或大聲使喚的康朗沒啥兩樣，這時也只好沉下神情，就像山裡的百合一樣，雖然是跟著大家興奮地綻放了，還是要低頭地呈現出有些肅靜的哀傷。山下的世界假裝再也與他無關了，住院者通常很快地領悟這一點，一瞬間就讓自己所有的毛孔全然張開，迎接著醫院特有的一股全然無菌的味道。

陳老先生第一天的歡迎或歡送宴會，一直到晚上才結束。他伸伸低頭太久而僵直的脖子，開始聽到人聲漸漸遠去的寂靜，聞到恍如連人都可以殺滅的消毒氣息，再次確定自己果真是病人，是比親朋好友都還要接近死亡的特殊處

境，忽然開始有些悲涼得不知所措。這時，醫院雖然寂靜，卻又吵嘈喧鬧無比。那些掩蓋了一切恐懼聲響的喧譁人聲逐漸消失以後，真正煩人無法清靜的熱鬧才開始出現：隔壁床的咳嗽或打呼聲，還有忽長忽短的呻吟，遠處突然急叫護士，嗶一聲又有人按床頭鈴，電子控制的監視機器固定的嗶嗶煩鬧，走廊有推車緩緩地嘎嘎❹作響，然後是有人嘻笑，可能是值班的護士和醫生或警衛人員在嚷嚷吃消夜了。宴會的人潮散去，真正的煩吵才開始。就像所有忙完的主人，陳老先生也不例外地筋疲力竭卻又翻來覆去地在新床單上失眠了。

他嗅聞著新床單的味道，也是一股有些寒意的消毒氣息，太輕的毛毯總是感覺身上什麼也沒蓋。而病房門口開著，有一盞燈老是亮著不關熄，甚至偶爾還有人進進出出的，護士量血壓或其他病人上廁所的，簡直和他幾十年來的睡眠應有氣氛全然違背了。

後來，終於迷迷糊糊的，不知折騰到深夜幾點，隱約還聽見太早的雞啼，他似乎才稍稍闔上眼。可是沒多久，清晨六點還不到，忽然又被人搖醒，原來是工作認真的大夜班護士作最後一次的巡視了。

他疲乏地伸出手臂量血壓，矇矇矓矓地看窗外將要天亮的微光，全身的力量全然虛脫❺，再也沒辦法起床了。這時，他整個人迅速凋萎，感覺自己果真是個病人了。

注釋

❶ **要訣** 關鍵、重要的方法

❷ **諄諄** 教誨不倦的樣子。

❸ **促狹** 戲弄、擺布。

❹ **嘎嘎** 狀聲詞，形容短促響亮的聲音，音ㄍㄚ ㄍㄚ。

❺ **虛脫** 衰弱貌。

研析

本文首段作者將剛住院病人比擬為一朵盛開的百合，以一種不急不徐，微微低頭並且不太招搖的姿態沉穩地綻放，這也是款待前來探病者最合宜的表現了。

二、三段將病房描摹成一場盛大的親友宴會，孩子的追逐嬉笑、子女熱切招呼、客人殷勤叮嚀勸慰等，而主人也適時稱職扮演低頭肅靜、神情哀戚的病患，如山谷中的百合。最後，告別白天的喧鬧後，迎來夜晚寂靜的消毒氣息。此時病院充斥著白日隱匿卻在夜晚清晰的聲響，如咳嗽呻吟、器材作響，人聲交談等，百合病人也因此筋疲力竭地失眠了，果真全然虛脫，迅速凋萎一如真正的病人了。

作者以百合為喻，細膩刻畫住院病人心情，跳脫一般醫療文學的嚴肅省思樣貌，風格獨特，寫實生動，深深引起讀者共鳴。

二五、祝福

魯迅

題解

本篇選自魯迅的第二本小說集《徬徨》。描寫祥林嫂的一生：嫁了個小她十幾歲的丈夫，丈夫死後逃到魯迅的四叔家幫傭，被婆婆捉回賣到深山中再為人婦，夫死子亡後被大伯趕出家門，回到魯鎮四叔家再度幫傭，被眾人嫌厭嘲諷，最後淪為乞丐，死在魯鎮年終迎接福神的「祝福」節慶中。表現當時中國社會在男尊女卑、貞操觀念下的「禮教吃人」的現象，以及迷信和道貌岸然的社會面目。

作者

魯迅（一八八一——一九三六年），浙江紹興人，本名周樹人，被後人稱為「中國新文學之父」。「魯迅」是他一九一八年發表〈狂人日記〉時開始用的筆名，〈狂人日記〉是中國新文學中的第一篇白話小說。

魯迅生在一個破落的書香家庭中，十七歲時先後考入江南水師學堂、礦路學堂，二十一歲以公費赴日留學，進入東京弘文書院習日語，二十三歲進入仙台醫校習醫，預備學成回國，救治像他父親般被誤診的病人。但二十五歲時，他決定棄醫從文，因為他看了一部日俄戰爭時的幻燈片：一位中國人被日軍指為俄探，砍首示眾，而圍觀的中國人卻都神情麻木。魯迅由此感到：要拯救中國，「醫學並非一件緊要事」，更重要的是「改變他們的精神」，用文藝來改變國民精神。魯迅曾說：「以一篇短的小說，而成為時代精神所居的大宮闕者，是極其少見的。」他的小說正是實踐了這一番話，深刻地思考當時的時代、社會和中國人。著有《魯迅全集》。

本文

舊曆的年底畢竟最像年底，村鎮上不必說，就在天空中也顯出將到新年的氣象來。灰白色的沈重晚雲中間時時發出閃光，接著一聲鈍響，是送灶❶的爆竹；近處燃放的可就更強烈了，震耳的大音還沒有息，空氣裏已經散滿了幽微的火藥香。我是正在這一夜回到我的故鄉魯鎮的。雖說故鄉，然而已沒有家，所以只得暫寓在魯四老爺的宅子裏。他是我的本家，比我長一輩，應該稱之曰「四叔」，是一個講理學❷的老監生❸。他比先前並沒有什麼大改變，單是老了些，但也還未留鬍子，一見面是寒暄，寒暄之後說我「胖了」，說我「胖了」之後，即大罵其新黨❹。但我知道，這並非借題在罵我：因為他所罵的還是康有為❺。但是，談話是總不投機的了，於是不多久，我便一個人剩在書房裏。

第二天我起得很遲，午飯之後，出去看了幾個本家和朋友；第三天也照樣。他們也都沒麼大改變，單是老了些；家中卻一律忙，都在準備看「祝福」。這是魯鎮年終的大典，致敬盡禮，迎接福神，拜求來年一年中的好運氣的。殺雞、宰鵝、買豬肉，用心細細的洗，女人的臂膊都在水裏浸得通紅，有的還帶著絞絲銀鐲子。煮熟之後，橫七豎八的插些筷子在這類東西上，可就稱為「福禮」了，五更天陳列起來，並且點上香燭，恭請福神們來享用；拜的卻只限於男人，拜完自然仍然是放爆竹。年年如此，家家如此，——只要買得起福禮和爆竹之類的，——今年自然也如此。天色愈陰暗了，下午竟下起雪來，雪花大的有梅花那麼大，滿天飛舞，夾著煙靄和忙碌的氣色，將魯鎮亂成一團糟。我回到四叔的書房裏時，瓦楞❻上已經雪白，房裏也映得較光明，極分明的顯出壁上掛著的朱拓❼的大「壽」字，陳摶老祖❽寫的；一邊的對聯已經脫落，鬆鬆的捲了放在長桌上，一邊的還在，道是「事理通達心氣和平」。我又無聊賴的到窗下的案頭去一翻，只見一堆似乎未必完全的《康熙字典》❾，一部《近思錄集注》❿和一部《四書襯》⓫。無論如何，我明天決計要走了。

況且，一想到昨天遇見祥林嫂的事，也就使我不能安住。那是下午，我到鎮的東頭訪過一個朋友，走出來，就在河邊遇見她；而且見她瞪著的眼睛的視線，就知道明明是向我走來的。我這回在魯鎮所見的人們中，改變之大，可以說無過於她的了：五年前的花白的頭髮，即今已經全白，全不像四十上下的人；臉上瘦削不堪，黃中帶黑，而且消盡了先前悲哀的神色，彷彿是木刻似的；只有那眼珠間或一轉，還可以表示她是一個活物。她一手提著竹籃，內中一個破碗，空的；一手拄著一支比她更長的竹竿，下端開了裂：她分明已經純乎是一個乞丐了。

我就站住，預備她來討錢。

「你回來了？」她先這樣問。

「是的。」

「這正好。你是識字的，又是出門人，見識得多。我正要問你一件事——」她那沒有神采的眼睛忽然發光了。

我萬料不到她卻說這樣的話來，詫異的站著。

「就是——」她走近兩步，放低了聲音，極祕密似的切切的說，「一個人死了之後，究竟有沒有靈魂的？」

我很悚然，一見她的眼睛盯著我的，背上也就遭了芒刺一般，比在學校裏遇到不及預防的臨時考，教師又偏是站在身旁的時候，惶急得多了。對於靈魂的有無，我自己是向來毫不介意的；但在此刻，怎麼回答她好呢？我在極短期的躊躇中，想，這的人照例相信鬼，然而她，卻疑惑了，——或者不如說希望：希望其有，又希望其無。人何必增添末路的人的苦惱，為她起見，不如說有罷。

「也許有罷，——我想。」我於是吞吞吐吐的說。

「那麼，也就有地獄了？」

「啊！地獄？」我很吃驚，只得支吾著，「地獄？——論理，就該也有。然而未必，……誰來管這等事……。」

「那麼，死掉的一家的人，都能見面的？」

「唉唉，見面不見面呢？……」這時我已知道自己也還是完全一個愚人，什麼躊躇，什麼計畫，都擋不住三句問。我即刻膽怯起來了，便想全翻過先前的話來，「那是，……實在，我說不清……。其實，究竟有沒有靈魂，我也說不清。」

我乘她不再緊接的問，邁開步便走，匆匆的逃回四叔的家中，心裏覺得不安逸。自己想，我這答話怕於她有些危險。她大約因為在別人的祝福時候，感到自身的寂寞了，然而會不會含有別的什麼意思的呢？——或者是有了什麼預感了？倘有別的意思，又因此發生別的事，則我的答話委實該負若干的責任……。但隨後也就自笑，覺得偶爾的事，本沒有什麼深意義，而我偏要細細推敲，正無怪教育家要說是生著神經病；而況明明說過「說不清」，已經推翻了答話的全局，即使發生什麼事，於我也毫無關係了。

「說不清」是一句極有用的話。不更事的勇敢的少年，往往敢於給人解決疑問，選定醫生，萬一結果不佳，大抵反成了怨府⓬，然而一用這說不清來做結束，便事事逍遙自在了。我在這時，更感到這一句話的必要，即使是和討飯的女人說話，也是萬不可省的。

但是我總覺得不安，過了一夜，也仍然時時記憶起來，彷彿懷著什麼不祥的預感；在陰沈的雪天裏，在無聊的書房裏，這不安愈加強烈了。不如走罷，明天進城去。福興樓的清燉魚翅，一元一大盤，價廉物美，現不知增價了否？往日同遊的朋友，雖然已經雲散，然而魚翅是不可不吃的，即使只有我一個……。無論如何，我明天決計要走了。

我因為常見些但願不如所料，以為未必竟如所料的事，卻每每恰如所料的起來，所以很恐怕這事也一律。果然，特別的情形開始了。傍晚，我竟聽到有些人聚在內室裏談話，彷彿議論什麼事似的，但不一會，說話聲也就止了，只有四叔且走而且高聲的說：「不早不遲，偏偏要在這時候，——這就可見是一個謬種⓭！」

我先是詫異，接著是很不安，似乎這話於我有關係。試望門外，誰也沒有。好容易待到晚飯前他們的短工來沖茶，我才得了打聽消息的機會。

「剛才，四老爺和誰生氣呢？」我問。

「還不是和祥林嫂？」那短工簡捷的說。

「祥林嫂？怎麼了？」我又趕緊的問。

「死了。」

「死了？」我的心突然緊縮，幾乎跳起來，臉上大約也變了色。但他始終沒有抬頭，所以全不覺。我也就鎮定了自己，接著問——

「什麼時候死的？」

「什麼時候？——昨天夜裏，或許就是今天罷。——我說不清。」

「怎麼死的？」

「怎麼死的？——還不是窮死的？」他淡淡的回答，仍然沒有抬頭向我看，出去了。

然而我的驚惶卻不過暫時的事，隨著就覺得要來的事，已經過去，並不必仰仗我自己的「說不清」和他之所謂「窮死的」的寬慰，心地已經漸漸輕鬆；不過偶然之間，還似乎有些負疚。晚飯擺出來了，四叔儼然14的陪著。我也還想打聽些關於祥林嫂的消息，但知道他雖然讀過「鬼神者二氣之良能也15」，而忌諱仍然極多，當臨近祝福時候，是萬不可提起死亡疾病之類的話的；倘不得已，就該用一種替代的隱語，可惜我又不知道，因此屢次想問，而終於中止了。我從他儼然的臉色上，又忽而疑他正以為我不早不遲，偏要在這時候來打攪他，也是一個謬種，便立刻告訴他明天要離開魯鎮，進城去，趁早放寬了他的心。他也不很留。這樣悶悶的吃完了一餐飯。

冬季日短，又是雪天，夜色早已籠罩了全市鎮。人們都在燈下匆忙，但窗外很寂靜。雪花落在積得厚厚的雪褥上面，聽去似乎瑟瑟有聲，使人更加感得沈寂。我獨坐在發出黃光的菜油燈下，想，這百無聊賴的祥林嫂，被人棄在塵芥堆中的，看得厭倦了的陳舊的玩物，先前還將形骸露在塵芥裏，從活得有趣的人們看來，恐怕要怪訝她何以還要存在，現在總算被無常16打掃得乾乾淨淨了。靈魂的有無，我不知道；然而在現世，則無聊生者不生17，即使厭見者不見18，為人為己，也還都不錯。我靜聽著窗處似乎瑟瑟作響的雪花聲，一面想，反而漸漸的舒暢起來。

然而先前所見所聞的她的半生事蹟的斷片，至此也聯成一片了。

她不是魯鎮人。有一年的冬初，四叔家裏要換女工，做中人⓳的衛老婆子帶她進來了，頭上紮著白頭繩，烏裙，藍夾襖，月白背心，年紀大約二十六七，臉色青黃，但兩頰卻還是紅的。衛老婆子叫她祥林嫂，說是自己母家的鄰舍，死了當家人，所以出來做工了。四叔皺了皺眉，四嬸已經知道了他的意思，是在討厭她是一個寡婦。但看她模樣還周正，手腳都壯大，又只是順著眼，不開一句口，很像一個安份耐勞的人，便不管四叔的皺眉，將她留下了。試工期內，她整天的做，似乎閒著就無聊，又有力，簡直抵得過一個男子，所以第三天就定局，每月工錢五百文⓴。

大家都叫她祥林嫂；沒有問她姓什麼，但中人是衛家山人，既說是鄰居，那大概也就姓衛了。她不很愛說話，別人問了才回答，答的也不多。直到十幾天之後，這才陸續的知道她家裏還有嚴厲的婆婆；一個小叔子，十多歲，能打柴了；她是春天沒了丈夫的；他本來也打柴為生，比她小十歲：大家所知道的就只是這一點。

日子很快的過去了，她的做工卻毫沒有懈，食物不論，力氣是不惜的。人們都說魯四老爺家僱著了女工，實在比勤快的男人還勤快。到年底，掃塵、洗地、殺雞、宰鵝，徹夜的煮福禮，全是一人擔當，竟沒有添短工。然而她反滿足，口角邊漸漸的有了笑影，臉上也白胖了。

新年才過，她從河邊淘米回來時，忽而失了色，說剛才遠遠的看見一個男人在對岸徘徊，很像夫家的堂伯，恐怕是正為尋她而來的。四嬸很驚疑，打聽底細，她又不說。四叔一知道，就皺一皺眉，道：

「這不好。恐怕她是逃出來的。」

她誠然是逃出來的，不多久，這推想就證實了。

此後大約十幾天，大家正已漸漸忘卻了先前的事，衛老婆子忽而帶了一個三十多歲的女人進來了，說那是祥林嫂的婆婆。那女人雖是山裏人模樣，然而應酬很從容，說話也能幹，寒暄之後，就賠罪，說她特來叫她的兒媳回家去，因為開春事務忙，而家中只有老的和小的，人手不夠了。

「既是她的婆婆要她回去，那有什麼話可說呢？」四叔說。

於是算清了工錢，一共一千七百五十文，她全存在主人家，一文也還沒有用，便都交給她的婆婆。那女人又取了衣服，道過謝，出去了。其時已經是正午。

「啊呀，米呢？祥林嫂不是去淘米的嗎？……」好一會，四嫂才驚叫起來，她大約有些餓，記得午飯了。

於是大家分頭尋淘籮21。她先到廚下，次到堂前，後到臥房，全不見淘籮的影子。四叔踱出門外，也不見，直到河邊，才見平平正正的放在岸上，旁邊還有一株菜。

看見的人報告說，河裏面上午就泊了一隻白篷船，篷是全蓋起來的，不知道什麼人在裏面，但事前也沒有人去理會他。待到祥林嫂出來淘米，剛剛要跪下去，那船裏便突然跳出兩個男人來，像是山裏人，一個抱住她，一個幫著，拖進船去了。祥林嫂還哭喊著幾聲，此後便再也沒有什麼聲息，大約給用什麼堵住了罷。接著就走上兩個女人來，一個不認識，一個就是衛婆子。窺探船裏，不很分明，她像是捆了躺在船板上。

「可惡！然而……。」四叔說。

這一天是四嬸自己煮午飯；他們的兒子阿牛燒火。

午飯之後，衛老婆子又來了。

「可惡！」四叔說。

「你是什麼意思？虧你還會再來見我們。」四嬸洗著碗，一見面就憤憤的說，「你自己荐她來，又合夥劫她去，鬧得沸反盈天22的，大家看了成個什麼樣子？你拿我們家裏開玩笑麼？」

「啊呀啊呀，我真上當。我這回，就是為此特地來說說清楚的。她來求我荐地方，我那裏料得到是瞞著她的婆婆的呢。對不起，四老爺，四太太。總是我老發昏不小心，對不起主顧。幸而府上向來寬宏大量，不肯和小人計較的。這回我一定荐一個好的來折罪……。」

「然而……。」四叔說。

於是祥林嫂事件便告終結，不久也就忘卻了。

只有四嬸，因為後來僱用的女工，大抵非懶即饞，或者饞而且懶，左右不如意，所以也還提起祥林嫂。每當這些時候，她往往自言自語的說，「她現在不知道怎麼樣了？」意思是希望她再來。但到第二年的新正㉓，她也就絕了望。

新正將盡，衛老婆子來拜年了，已經喝得醉醺醺的，自說因為回了一趟衛家山的娘家，住下幾天，所以來得遲了。她們問答之間，自然就談到祥林嫂。

「她麼？」衛老婆子高興的說，「現在是交的好運了。她婆婆來抓她回去的時候，是早已許給了賀家墺㉔的賀老六的，所以回家之後不幾天，也就裝在花轎裏抬去了。」

「啊呀，這樣的婆婆！……」四嫂驚奇的說。

「啊呀，我的太太！你真是大戶人家的太太的話。我們山裏人，小戶人家，這算得什麼？她有小叔子，也得娶老婆。不嫁了她，那有這一注錢㉕來做聘禮？她的婆婆倒是精明強幹的女人啊，很有打算，所以就將她嫁到裏山去。倘許給本村人，財禮就不多；惟獨肯嫁進深山野墺裏去的女人少，所以她就到手了八十千㉖。現在第二個兒子的媳婦也娶進了，財禮只花了五十，除去辦喜事的費用，還剩十多千。嚇，你看，這多麼好打算？」

「祥林嫂竟肯依？」

「這有什麼依不依。——鬧是誰也總要鬧一鬧的；只要繩子一捆，塞在花轎裏，抬到男家，捺上花冠，拜堂，關上房門，就完事了。可是祥林嫂真出格㉗，聽說那時實在鬧得厲害，大家還都說大約因為在念書人家做過事，所以與眾不同呢。太太，我們見得多了：回頭人㉘出嫁，哭喊的也有，說要尋死覓活的也有，抬到男家鬧得拜不成天地的也有，連花燭都砸了的也有。祥林嫂可是異乎尋常，他們說她一路只是嚎，罵，抬到賀家墺，喉嚨已經全啞了。拉出轎來，兩個男人和她的小叔使勁的擒住她也還拜不成天地。他們一不小心，一鬆手，啊呀，阿彌陀佛，她就一頭撞在香案㉙角上，頭上碰了個大窟窿，鮮血直流，用了兩把香灰，包上兩塊紅布還止不住血呢。直到七手八腳的將她和男人反關在新房裏，還是罵，啊呀呀，這真是……。」她搖一搖頭，順下眼睛，不說了。

「後來怎麼樣呢？」四嬸還問。

「聽說第二天也沒有起來。」她抬起眼來說。

「後來呢？」

「後來？——起來了。她到年底就生了一個孩子，男的，新年就兩歲了。我在娘家這幾天，就有人到賀家墺去，回來說看見她們娘兒倆，母親也胖，兒子也胖；上頭又沒有婆婆；男人所有的是力氣，會做活；房子是自家的。——唉唉，她真是交了好運了。」

從此之後，四嬸也就不再提起祥林嫂。

但有一年的秋季，大約是得到祥林嫂好運的消息之後的又過了兩個新年，她竟又站在四叔家的堂前了。桌上放著一個荸薺式的圓籃，檐[30]下一個小鋪蓋。她仍然頭上紮著白頭繩，烏裙，藍夾襖，月白背心，臉色青黃，只是兩頰上已經消失了血色，順著眼，眼角上帶些淚痕，眼光也沒有先前那樣精神了。而且仍然是衛老婆子領著，顯出慈悲模樣，絮絮的[31]對四嬸說——

「……這實在是叫作『天有不測風雲』，她的男人是堅實人，誰知道年紀輕輕，就會斷送在傷寒上？本來已經好了的，吃了一碗冷飯，復發了。幸虧有兒子；她又能做，打柴摘茶養蠶都來得，本來還可以守著，誰知道那孩子又會給狼銜去呢？春天快完了，村上倒反來了狼，誰料到？現在她只剩一個光身了。大伯來收屋，又趕她。她真是走投無路了，只好來求老主人。好在她現在已經再也沒有什麼牽掛，太太家裏又湊巧要換人，所以我就領她來。——我想，熟門熟路，比生手實在好得多……。」

「我真傻，真的，」祥林嫂抬起她沒有神采的眼睛來，接著說。「我單知道下雪的時候野獸在山墺裡沒有食吃，會到村裏來；我不知道春天也會有。我一清早起來就開了門，拿小籃盛了一籃豆，叫我們的阿毛坐在門檻上剝豆去。他是很聽話的，我的話句句聽；他出去了。我就在屋後劈柴，淘米，米下了鍋，要蒸豆。我叫阿毛，沒有應，出去一看，只見豆子撒得一地，沒有我們的阿毛了。他是不到別家去玩的；各處去一問，果然沒有。我急了，央人出去尋，直到下半天，尋來尋去尋到山墺裏，看見刺柴上掛著他的一隻小鞋。大家都說，糟了，怕是遭了狼了。再進去；他果然躺在草窠㉜，肚裏的五臟已經都給吃空了，手上還緊緊的捏著那隻小籃呢……」她接著但是嗚咽，說不出成句的話來。

四嬸起初還躊躇，待到聽完她自己的話，眼圈就有些紅了。她想了一想，便教拿圓籃和鋪蓋到下房去。衛老婆子彷彿卸了一肩重擔似的噓一口氣；祥林嫂比初來的時候神氣舒暢些，不待指引，自己馴熟的安放了鋪蓋。她從此又在魯鎮做女工了。

大家仍然叫她祥林嫂。

然而這一回，她的境遇卻改變得非常大。上工之後的兩三天，主人們就覺得她手腳已沒有先前一樣靈活，記性也壞得多，死屍似的臉上又整日沒有笑影，四嬸的口氣上，已頗有些不滿了。當她初到的時候，四叔雖然照例皺過眉，但鑑於向來僱用女工之難，也就並不大反對，只是暗暗地告誡四嬸說，這種人雖然似乎很可憐，但是敗壞風俗的，用她幫忙還可以，祭祀的時候可用不著她沾手，一切飯菜，只好自己做，否則，不乾不淨，祖宗是不吃的。

四叔家 最重大的事件是祭祀，祥林嫂先前最忙的時候也就是祭祀，這回她卻清閑了。桌子放在堂中央，繫上桌帳，她還記得照舊的分配酒杯和筷子。

「祥林嫂，你放著罷！我來擺。」四嬸慌忙的說。

她訕訕的㉝縮了手，又去取燭台。

「祥林嫂，你放著罷，我來拿。」四嬸又慌忙的說。

她轉了幾個圓圈，終於沒有事情做，只得疑惑的走開。她在這一天可做的事是不過坐在灶下燒火。

鎮上的人們也仍然叫她祥林嫂，但音調和先前很不同；也還和她講話，但笑容卻冷冷的了。她全不理會那些事，只是直著眼睛，和大家講她自己日夜不忘的故事——

「我真傻，真的，」她說。「我單知道雪天是野獸在深山裏沒有食吃，會到村裏來；我不知道春天也會有。我一大早起來就開了門，拿小籃盛了一籃豆，叫我們的阿毛坐在門檻上剝豆去。他是很聽話的孩子，我的話句句聽；他就出去了。我就在屋後劈柴，淘米，米下了鍋，打算蒸豆。我叫『阿毛』，沒有應，出去一看，只見豆子撒得滿地，沒有我們的阿毛了。各處去一問，都沒有。我急了，央人去尋去。直到下半天，幾個人尋到山墺裡，看見刺柴上掛著一隻他的小鞋。大家都說，完了，怕是遭了狼了。再進去；果然，他躺在草窠裏，肚裏的五臟已經都給吃空了，可憐他手裏還緊緊的捏著那隻小籃呢……」她於是淌下眼淚來，聲音也嗚咽了。

這故事倒頗有效，男人聽到這裏，往往斂起笑容，沒趣的走了開去；女人們卻不獨寬恕了她似的，臉上立刻改換了鄙薄的神氣，還要陪出許多眼淚來。有些老女人沒有在街頭聽到她的話，便特意尋來，要聽她這一段悲慘的故事。直到她說到嗚咽，

她們也就一起流下那停在眼角上的眼淚，嘆息一番，滿足的去了，一面還紛紛的評論著。

她就只是反覆的向人說她悲慘的故事，常常引住了三五個人來聽她。但不久，大家也都聽得純熟了，便是最慈悲的念佛的老太太們，眼裏也再不見有一點淚的痕跡。後來全鎮的人們幾乎都能背誦她的話，一聽到就煩厭得頭痛。

「我真傻，真的，」她開首說。

「是的，你是單知道雪天野獸在深山裏沒有食吃，才會到村裏來的。」他們立即打斷她的話，走開去了。

她張著口怔怔的㉞站著，直著眼睛看他們，接著也就走了，似乎自己也覺得沒趣。但她還妄想，希圖從別的事，如小籃、豆、別人的小孩上，引出她的阿毛的故事來。倘一看見兩三歲的小孩子，她就說：

「唉唉，我們的阿毛如果還在，也就有這麼大了。……」

孩子看見她的眼光就吃驚，牽著母親的衣襟催她走。於是又只剩下她一個，終於沒趣的也走了。後來大家又都知道了她的脾氣，只要有孩子在眼前，便似笑非笑的先問她，道：

「祥林嫂，你們的阿毛如果還在，不是也就有這麼大了麼？」

她未必知道她的悲哀經大家咀嚼賞鑑了許多天，早已成為渣滓，只值得煩厭和唾棄；但從人們的笑影上，也彷彿覺得這又冷又尖，自己再也沒有開口的必要了。她單是一瞥他們，並不回答一句話。

魯鎮永遠是過新年，臘月[35]二十以後就忙起來了。四叔家裏這回雖僱男短工，還是忙不過來，另叫柳媽做幫手，殺雞、宰鵝，然而柳媽是善女人[36]，吃素，不殺生的，只肯洗器皿。祥林嫂除燒火之外，沒有別的事，卻閑著了，坐著只看柳媽洗器皿。微雪點點的下來了。

「唉唉，我真傻，」祥林嫂看了天空，嘆息著，獨語似的說。

「祥林嫂，你又來了。」柳媽不耐煩的看著她的臉，說。「我問你：你額角上的傷疤，不就是那時撞壞的麼？」

「唔唔。」她含糊的回答。

「我問你：你那時怎麼後來竟依了呢？」

「我麼？……」

「你呀。我想：這總是你自己願意了，不然……。」

「啊啊，你不知道他力氣多麼大呀。」

倒推說他力氣大。」

「我不信。我不信你這麼大的力氣，真會拗他不過。你後來一定是自己肯了，

「啊啊，你……你倒自己試試看。」她笑了。

柳媽的打皺的臉也笑起來，使她蹙㊲縮得像一個核桃；乾枯的小眼睛一看祥林嫂

的額角，又釘住她的眼。祥林嫂似乎很侷促㊳了，立刻斂了笑容，旋轉眼光，自去看

雪花。

「祥林嫂你實在不合算。」柳媽詭祕的說。「再一強㊴，或者索性撞一個死，就

好了。現在呢，你和你的第二個男人過活不到兩年，倒落了一件大罪名。你想，你

將來到陰司㊵去，那兩個死鬼的男人還要爭，你給了誰好呢？閻羅大王只好把你鋸開

來，分給他們。我想，這真是……。」

她臉上就顯出恐怖的神色來，這是在山村裏所未曾知道的。

「我想，你不如及早抵擋。你到土地廟裏去捐一條門檻，當作你的替身，給千

人踏，萬人跨，贖了這一世的罪名，免得死了去受苦。」

她當時並不回答什麼話，但大約非常苦悶了，第二天早上起來的時候，兩眼上

都圍著大黑圈。早飯之後，她便到鎮的西頭的土地廟裏去求捐門檻。廟祝㊶起初執意

不允許，直到她急得流淚，才勉強答應了。價目是大錢㊷十二千。

她久已不和人們交口，因為阿毛的故事是早被大家廢棄了的；但自從和柳媽談了天，似乎又即傳揚開去，許多人都發生了新趣味，又來逗她說話了。至於題目，那自然是換了一個新樣，專在她額上的傷疤。

「祥林嫂，我問你：你那時怎麼竟肯了？」一個說。

「唉，可惜，白撞了這一下。」一個看著她的疤，應和道。

她大約從他們的笑容和聲調上，也知道是在嘲笑她，所以總是瞪著眼睛，不說一句話，後來連頭也不回了。她整日緊閉了嘴唇，頭上帶著大家以為恥辱的記號的那傷痕，默默的跑街，掃地，洗菜，淘米。快夠一年，她才從四嬸手裏支取了歷來積存的工錢，換算了十二元鷹洋㊸，請假到鎮的西頭去。但不到一頓飯時候，她便回來，神氣很舒暢，眼光也分外有神，高興似的對四嬸說，自己已經在土地廟捐了門檻了。

冬至的祭祖時節，她做得更出力，看四嬸裝好祭品，和阿牛將桌子抬到堂屋中央，她便坦然的去拿酒杯和筷子。

「你放著罷，祥林嫂！」四嬸慌忙大聲說。

她像是受了炮烙㊹似的縮手，臉色同時變做灰黑，也不再去取燭台，只是失神的站著。直到四叔上香的時候，教她走開，她才走開。這一回她的變化非常大，第二天，不但眼睛凹陷下去，連精神也更不濟了。而且很膽怯，不獨怕暗夜，怕黑影，即

使看見人，雖是自己的主人，也總惴惴的㊺，有如在白天出穴遊行的小鼠；否則呆坐著，直是一個木偶人。不半年，頭髮也花白起來了，記性尤其壞，甚而至於常常忘卻了去淘米。

「祥林嫂怎麼這樣了？倒不如那時不留她。」四嬸有時當面就這樣說，似乎是警告她。

而她總如此，全不見有伶俐起來的希望。他們於是乎想打發她走了，教她回到衛老婆子那裏去。但當我還在魯鎮的時候，不過單是這樣說；看現在的情狀，可見後來終於實行了。然而她是從四叔家出去就成了乞丐的呢，還是先到衛老婆子然後再成乞丐的呢？那我可不知道。

我給那些因為在近旁而極響的爆竹聲驚醒，看見豆一般大的黃色的灯火光，接著又聽到畢畢剝剝的鞭炮，是四叔家正在「祝福」了；知道已是五更將近時候。我在朦朧中，又隱約聽到遠處的爆竹聲連綿不斷，似乎合成一天音響的濃雲，夾著團團飛舞的雪花，擁抱了全市鎮。我在這繁響的擁抱中，也懶散而且舒適，從白天以至初夜的疑慮，全給祝福的空氣一掃而空了，只覺得天地聖眾歆享㊻了牲醴㊼和香煙，都醉醺醺的在空中蹣跚，預備給魯鎮的人們以無限的幸福。

一九二四年二月七日

注釋

❶ **送灶** 舊時習俗，農曆十二月二十四日為灶神升天的日子，此時祭送灶神，稱做送灶。灶，同「竈」。

❷ **理學** 性理之學，又稱道學。是宋代理學家闡釋儒家性命之學，而形成的思想體系。主張「存天理，去人欲」。

❸ **監生** 國子監學生。國子監，是古時中央最高學府。清乾隆以後，可由捐款取得監生資格。

❹ **新黨** 清末對主張維新的人的稱呼；辛亥革命以後，也用來稱呼主張革命的人。

❺ **康有為** 清末維新運動領袖。主張變法維新，改君主專制為君主立憲。光緒皇帝重用他，試行變法，但受到以慈禧太后為首的保守派的反對而失敗，後來逃到國外，組織保皇黨，反對革命。辛亥革命後，又連絡軍閥張勳，扶植清廢帝溥儀復辟。

❻ **瓦楞** 屋瓦。楞，同「稜」，四四方方的木頭，音ㄌㄥˊ。

❼ **拓** 同「搨」，用紙、墨在碑或器物上摹印花紋或文字，音ㄊㄚˋ。

❽ **陳摶老祖** 陳摶是五代時人，在華山修道，一睡常百餘日不起，人以為神仙。摶，音ㄊㄨㄢˊ。老祖，始祖。

❾ **《康熙字典》** 清康熙年間，朝廷所編纂的一部大型字典。

⑩ **《近思錄集注》** 《近思錄》，是一部理學的入門書，南宋朱熹、呂祖謙同著。清茅星來、江永各有集注。

⑪ **《四書襯》** 一部解說《四書》的書，清駱培著。

⑫ **怨府** 怨恨集中的地方。

⑬ **謬種** 罵人的話，罵人是不該生下來的怪胎。謬，誤。

⑭ **儼然** 莊嚴的樣子。

⑮ **鬼神者二氣之良能也** 指神、鬼只是陰陽二氣在聚、散過程中的自然變化，並非宗教上人格化的神和鬼。語見北宋理學家張載的《正蒙》。

⑯ **無常** 佛家語，指世間一切事物都在「生（生成）、住（暫時安住）、異（變化）、滅（毀壞消失）」的過程中。

⑰ **無聊生者不生** 活得無聊的人死了。

⑱ **即使厭見者不見** 就讓討厭看到他的人不再見到他。

⑲ **中人** 中介者。

⑳ **文** 舊時圓形而中央有方孔的銅錢，一枚稱一文。

㉑ **淘籮** 洗米的竹筐。籮，圓口方底的竹筐。

㉒ **沸反盈天** 指人聲喧鬧得天翻地覆。沸反，像沸水一樣翻騰。盈天，滿天。

❷❸ **新正** 農曆新年正月。

❷❹ **墺** 同「隩」，深山。

❷❺ **一注錢** 一筆錢。

❷❻ **八十千** 舊時以一千文錢為一貫或一吊，八十千即八十貫或八十吊。

❷❼ **出格** 出常格之外，特別。

❷❽ **回頭人** 舊時對再嫁婦人的輕蔑稱呼。

❷❾ **香案** 供桌。

❸⓿ **檐** 屋檐。

❸❶ **絮絮的** 說話連續不停的樣子。

❸❷ **草窠** 草叢。窠，動物的巢，音ㄎㄜ。

❸❸ **訕訕的** 尷尬的樣子。訕，音ㄕㄢˋ。

❸❹ **怔怔的** 心神不定的樣子。怔，音ㄓㄥ。

❸❺ **臘月** 農曆十二月。臘，是古時年終的祭典。

❸❻ **善女人** 佛家語，信佛的女人。

❸❼ **蹙** 縮，音ㄘㄨˋ。

❸❽ **侷促** 拘謹不安的樣子。

❸❾ **強** 倔強。

❹⓿ **陰司** 陰間的官府。

❹❶ **廟祝** 廟中管理香火的人。

❹❷ **大錢** 舊時當十以上的錢，稱做大錢。分為當一千的、當五百的、當一百的、當五十的、當十的錢等五種，形狀比一文錢大。

❹❸ **鷹洋** 指墨西哥銀元，幣面上有鷹的圖案。鴉片戰爭後曾大量流入中國。

❹❹ **炮烙** 燒燙。本指以燒紅的金屬刑具，燒燙犯人的酷刑。

❹❺ **惴惴的** 膽小恐懼的樣子。惴，音ㄓㄨㄟˋ。

❹❻ **歆享** 「歆」即「享」（或作「饗」），指神明享用祭品。

❹❼ **醴** 甜酒。

研析

在過去「禮教吃人」的社會中，誰不可悲？

死了丈夫的祥林嫂，成了婆婆的財產，如動物般被婆婆恣意捕捉、喊價出售。她不能反抗，不然得到的是霸王硬上弓的下場。她逃不出被宰割的命運，當她再度成了寡婦又死了兒子最需要援助的時候，屋子被收了，人被趕出來。似乎在人群中生活，必須符合人們的要求，不然受到的待遇，是排擠、譏諷與訕笑。於是，事了二夫的祥林嫂，就成了不潔之物、謬種，連祭祀用的器皿也碰不得，即使是捐了廟的門檻贖了罪，也不被接受。她終究只能承受人們打發她的語氣：「你們的阿毛如果還在，不是也有這麼大了嗎？」這故作熱絡實則冷漠生厭的尖酸口吻。她仍得帶著額頭上的恥辱，被人們曖昧地刺探、認定：「你那時怎麼竟肯了？」她終於帶著被鋸成兩半的神祕的恐懼，死在最熱鬧的祝福的時候。除了先前短暫的逃出，她的一生不是被人所安排嗎？卻又為何不被人們所接受？在這樣道貌岸然的社會中，人究竟要怎樣活著才可以？

曾對祥林嫂較厚道的四嬸，不過是把她當作工具罷了，好用則愛之，不好則棄之。曾對祥林嫂掬一把同情淚的女人們，不過是在滿足自己悲憫的好奇心罷了。這就是所謂的人情。可是這些自以為潔淨、可以心滿意足地對祥林嫂鄙夷的女人，在張羅了一切祭神的用品之後，卻不得拜神。

或許真正乾淨的只有男人吧！可是男人又是什麼樣呢？受人尊崇的讀書人——四叔，對時事卻是愚昧至極，早已進入民國了，卻好像還活在清末維新運動的時候；專研「存天理、去人欲」的四叔，對於尚未違背風俗、只是初為寡婦的祥林嫂，卻也心生排斥地皺了眉頭。這就是所謂天理的表現，也是宣揚傳統禮教的讀書人的面目。這，就是最乾淨的男人。

神啊！在這般背景中迎接來的福神啊，那醉醺醺在空中蹣跚的福神啊！祂究竟能帶給人怎樣的幸福呢？

在這樣「禮教吃人」的社會中，誰不可悲？

二六、一桿稱仔

賴和

題解

本篇節錄自《賴和先生全集》，載於《臺灣民報》九十二、九十三號，一九二六年二月四日、二十一日。

「稱仔」即秤。故事是敘述貧苦農民秦得參在年底向鄰居借秤到鎮上賣菜，不料遇到日本巡警索賄毀秤，法官亦循私罰金，令其悲憤莫名，竟在除夕夜殺警自殺。

作者

賴和，本名賴河，一八九四年生於彰化，筆名有懶雲、甫三、安都生、灰、走街先等。十六歲考進臺北醫學校，一九一七年在彰化設立「賴和醫院」。次年前往廈門博愛醫院服務兩年，一九二一年加入臺灣文化協會，一九二五年發表第一首新詩〈覺悟下的犧牲〉，自此積極投入臺灣新文學的創作。曾兩度入獄，一九四二年一月因病重出獄，一年後心臟病發逝世，享年五十歲。

賴和的作品充分反映出殖民地人民生活的困苦，並批判殖民統治的殘暴，故有「臺灣魯迅」之稱。一生堅持用中文創作，這在日治時期的文壇尚屬少見；在擔任《臺灣民報》、《南音》雜誌編職期間為臺灣文壇培養了一批作家，因而被尊為臺灣新文學之父。作品收在《日據下臺灣新文學・賴和先生全集》。

本文

得參十六歲的時候，他母親教他辭去了長工，回家裡來，想贌❶幾畝田耕作，可是這時候，贌田就不容易了。因為製糖會社❷，糖的利益大，雖農民們受過會社刻虧❸、剝奪，不願意種，會社就加上租聲❹，向業主❺爭贌，業主們若自己有利益，那管到農民的痛苦，田地就多被會社贌去了。有幾家說是有良心的業主，肯贌給農民，亦要同會社一樣的「租聲」，得參就贌不到田地。若做會社的勞工呢？有同牛馬一樣，他母親又不肯，只在家裡等著做些散工，因他的氣力大，做事勤敏，就每天有人喚他工作，比較他做長工的時候，勞力輕省，得錢又多。又得他母親的刻儉，漸積下些錢來。

光陰似矢，容易地又過了三年。到得參十八歲的時候，她母親唯一未了的心事，就是為得參娶妻。經她艱難勤苦積下的錢，已夠娶妻之用，就在村中，娶了一個種田的女兒。幸得過門以後，和得參還協力，到田裡工作，不讓一個男人。又值年成好，他一家的生計，暫不覺得困難。

得參的母親，在他二十一歲那年，得了一個男孫子，以後臉上已見時現著笑容，可是亦已衰老了。她心裡的欣慰，使她責任心亦漸放下，因為做母親的義務，已經克盡了。但二十年來的勞苦，使她有限的肉體，再也不能支持。亦因責任觀念已弛，精神失了緊張，病魔隨乘虛侵入，病臥幾天，她面上現著十分滿足、快樂的樣子歸到天國去了。

可憐的得參，他的幸福，已和他慈愛的母親一併失去。

翌年，他又生下一女孩子。家裡頭因失去了母親，須他妻子自己照管，並且有了兒子的拖累，不能和他出外工作，進款就減少一半，所以得參自己不能不加倍工作，這樣辛苦著，過有四年，他的身體，就因過勞，伏下病根。在早季收穫的時候，他患著瘧疾❻，病了四五天，纔診過一次西醫，花去兩塊多錢，雖則輕快些，腳手尚覺乏力，在這煩忙的時候，而又是勤勉的得參，就不敢閒著在家裡，亦即耐苦到田裡去。到晚上回家，就覺得有點不好過，睡到夜半，寒熱再發起來，翌天已不能離床，這回他不敢再請西醫診治了。他心裡想，三天的工作，還不夠吃一服藥，那得那麼些錢花？但亦不能放他病著。就煎些不用錢的青草，或不多花錢的漢藥服食。雖未全部

無效，總隔兩三天，發一回寒熱，經過有好幾月，纔不再發作，但腹已很脹滿。有人說，他是吃過多的青草致來的，有人說，那就叫脾腫，是吃過西藥所致。在得參總不介意，只礙不能工作，是他最煩惱的所在。

當得參病的時候，他妻子不能不出門去工作，只有讓孩子們在家裡啼哭，和得參呻吟聲相和著。一天或兩餐或一餐，雖不至餓死，一家人多陷入營養不良，尤其是孩子們，猶幸他妻子不再生育。……

一直到年末。得參自己，纔能做輕輕的工作，看看「尾衙」❼到了，尚找不到相應的工作，若一至新春，萬事停辦了，更沒有做工的機會，所以須積蓄些新春半個月的食糧，得參的心裡，因此就分外煩惱而恐惶了。

末了，聽說鎮上生菜的販路❽很好。他就想做這項生意，無奈缺少本錢，又因心地坦白❾，不敢向人家告借，沒有法子，只得教他妻到外家走一遭。

一個小農民的妻子，那有闊的外家，得不到多大幫助，本是應該情理中的事，總難得她嫂子，待她還好，把她唯一的裝飾品——一根金花——借給她，教她去當舖裡，押幾塊錢，暫作資本，這法子在她黨得❿帶了幾分危險，其外又別無法子，只得從權⓫了。

一天早上，得參買一擔生菜回來，想吃過早飯，就到鎮上去，這時候，他妻子纔覺到缺少一桿「稱仔」（秤）。

「怎麼好？」得參想：「要買一桿，可是官廳⓬的專利品，不是便宜的東西，那兒來得錢？」

她妻子趕快到隔鄰去借一桿回來。幸鄰家的好意，把一桿尚覺新新的借來。因為巡警們，專在搜索小民的細故，來做他們的成績，犯罪的事件，發覺得多，他們的高昇就快。所以無中生有的事故，含冤莫訴的人們，向來是不勝枚舉。什麼通行取締、道路規則、飲食物規則、行旅法、度量衡規紀，舉凡日常生活中的一舉一動，通在法的干涉、取締範圍中。——她妻子為慮萬一，就把新的「稱仔」借來。

這一天的生意，總算不壞，到市散，亦賺到一塊多錢。他就先糴些米⓭預備新春的糧食。過了幾天糧食足了，他就想：「今年家運太壞，明年家裡，總要換一換氣纔好，第一廳上奉祀的觀音畫像，要買新的，同時門聯亦要換，不可缺的金銀紙、香蜀，亦要買。」

再過幾天，生意屢好，他又想炊一灶年糕，就把糖米買回來。他妻子就忍不住，勸他說：「剩下的錢積積下，待贖取那金花，不是更要緊嗎？」

得參回答說：「是。我亦不是把這事忘卻，不過今天纔廿五，那筆錢不怕賺不來，就賺不來，本錢亦還在。當舖裡遲早，總要一個月的利息。」

一晚市散，要回家的時候，他又想到孩子們。新年不能有件新衣裳給他們，做父親的義務有點不克盡的缺憾，雖不能使孩子們享到幸福，亦須給他們一點喜歡。他就剪了幾尺花布回去，把幾日來的利益，一總花掉。

這一天近午，一下級巡警，巡視到他擔前，目光注視到他擔上的生菜，他就殷勤地問：

「大人⑭，要什這不要？」

「汝的貨色比較新鮮。」巡警說。得參接著又說：

「是。城市的人，總比鄉下人享用，不是上等東西，是不點脾胃。」

「花菜賣多少錢？」巡警問。

「大人要的，不用問價，肯要我的東西，就算運氣好。」參說。他就擇幾莖好的，用稻草貫著，恭敬地獻給他。

「不，稱稱看！」巡警幾番推辭著說。誠實的參，亦就掛上「稱仔」稱一稱。說：

「大人，真客氣啦！纔一斤十四兩。」

本來，經過稱稱過，就算買賣，就是有錢的交關[15]，不是白要，亦不能說是贈與。

「不錯罷？」巡警說。

「不錯，本有兩斤足，因為大人要的……」參說。這句話是平常買賣的口吻，不是贈送的表示。

「稱仔不好罷？兩斤就兩斤，何須打扣？」巡警變色地說。

「不，還新新呢！」參泰然地回答。

「拿過來！」巡警赫怒了。

「稱花（度目）還很明瞭。」參從容地捧過去說。巡警接在手裡，約略考察一下說：

「不堪用了，拿到警署去！」

「什麼緣故？修理不可嗎？」參說。

「不去嗎？」巡警怒叱著。「不去？畜生！」撲的一聲，巡警把「稱仔」打斷擲棄，隨抽出胸前的小帳子，把參的名姓、住處記下，氣憤憤地回警署去。

參突遭這意外的羞辱，空抱著滿腹的憤恨，在擔邊失神地站著。等巡警去遠了，纔有幾個閒人，近他身邊來。一個年紀的說：

「該死的東西，到市上來，只這規紀[16]亦就不懂？要做什麼生意？汝說幾斤幾兩，難道他的錢汝敢拿嗎？」

「難道我們的東西，該白送給他的嗎？」參不平地回答。

「唉！汝不曉得他的厲害，汝還未嘗到他青草膏的滋味[17]。」那有年紀的嘲笑地說。

「什麼？做官的就可任意凌辱人民嗎？」參說。

「硬漢！」有人說。

眾人議論一回，批評一回，亦就散去。

得參回到家裡，夜飯前吃不下，只悶悶地一句話不說。經他妻子殷勤的探問，才把白天所遭的事告訴給她。

「寬心罷！」妻子說：「這幾天的所得，買一桿新的還給人家，剩下的猶足贖取那金花回來。休息罷，明天亦不用出去，新春要的物件，大概準備下，但是，今年運氣太壞，怕運裡帶有官符，經這一回事，明年快就出運，亦不一定。」

參休息一天，看看沒有什麼動靜，況明天就是除夕日，只剩得一天的生意，他就安坐不來，絕早挑上菜擔，到鎮上去。此時還未大亮，在曉景朦朧中，市上人聲，早就沸勝，使人愈感到年華垂盡，人生頃刻的悵惘。

到天亮後，各擔各色貨，多要完了。有的人，已收起擔頭，要回去圍爐，過那團圓的除夕，償一償終年的勞苦，享受著家庭的快樂。當這時參又遇到那巡警。

「畜生，昨天跑到那兒去？」巡警說。

「什麼？怎得隨便罵人？」參回說。

「畜生，到衙門去！」巡警說。

「去就去呢！什麼畜生？」參說。

巡警瞪他一眼，便帶他上衙門去。

「汝秦得參嗎？」法官在座上問。

「是，小人是。」參跪在地上回答說。

「汝曾犯過罪嗎？」法官。

「小人生來將三十歲了，曾未犯過一次法。」參。

「以前不管他，這回違犯著度量衡規則。」法官。

「唉！冤枉啊！」參。

「什麼？沒有這樣事嗎？」──法官。

「這事是冤枉的啊！」──參。

「但是，巡警的報告，總沒有錯啊！」──法官。

「實在冤枉啊！」──參。

「既然違犯了，總不能輕恕，只科罰汝三塊錢，就算是格外恩典。」──官。

「可是，沒有錢。」──參。

「沒有錢，就坐監三天，有沒有？」──官。

「沒有錢！」──參說。在他心裡的打算：新春的閒時節，監禁三天，是不關係什麼，還是三塊錢的用處大，所以他就甘心去受監禁。

參的妻子，本想洗完了衣裳，纔到當舖裡去，贖取那根金花，還未曾出門，已聽到這凶消息。她想：在這時候，有誰可央托？有誰能為她奔走？愈想愈沒有法子，愈覺傷心，只有哭的一法，可以少舒心裡的痛苦，所以，只守在家裡哭。後經鄰右的勸慰、教導，纔帶著金花的價錢，到衙門去，想探探消息。

鄉下人，一見巡警的面，就怕到五分，況是進衙門裡去，又是不見世面的婦人，心裡的驚恐，就可想而知了。

她剛跨進郡衙的門限，被一巡警的「要做什麼」的一聲呼喝，已嚇得倒退門外去，幸有一十四來歲的小使[18]，出來查問，她就哀求他，替伊探查，難得那孩子，童心還在，不會倚勢欺人，誠懇地替伊設法，教她拿出三塊錢，代繳進去。

「纔監禁下，怎麼就釋出來？」參心裡，正在懷疑地自問。出來到衙前，看著她妻子。

「為什麼到這兒來？」參對著妻子問。

「聽……說被拉進去……」她微咽著聲回答。

「不犯到什麼事，不至殺頭怕什麼。」參怏怏地說。

他們來到街上，市已經散了，處處聽到「辭年」的爆竹聲。

「金花取回未[19]？」參問她妻子。

「還未曾出門，就聽到這消息，我趕緊到衙門去，在那兒繳去三塊，現在還不夠。」妻子回答他說。

「唔！」參恍然地發出這一聲，就拿出早上賺到的三塊錢，給他妻子說：

「我挑擔子回去，當舖怕要關閉了，快一點去，取出就回來罷。」

「圍過爐」，孩子們因明早要絕早起來「開正」[20]，各已睡下，在作他們幸福的夢。參尚在室內踱來蹀去。經他妻子幾次的催促，他總沒有聽見似的，心裡只在想，

總覺有一種不明瞭的悲哀。只不住漏出幾聲的嘆息：「人不像個人，畜生誰願意做？這是什麼世間？活著倒不若死了快樂！」他喃喃地獨語著，忽又回憶到她母親死時快樂的容貌。

他已懷抱著最後的覺悟。

元旦，參的家裡，忽譁然發生一陣叫喊、哀嗚、啼哭。隨後又聽著說：「什麼都沒有嗎？」「只『銀紙』（冥鏹）備辦在，別的什麼都沒有。」

同時，市上亦盛傳著，一個夜巡的警吏，被殺在道上。

這一幕悲劇，看過好久，每欲描寫出來，但一經回憶，總被悲哀填滿了腦袋，不能著筆。近日看到法朗士㉑的〈克拉格比〉㉒，纔覺這樣事，不一定在未開的國裡，凡強權行使的地上，總會發生。遂不顧文字的陋劣，就寫出和大家批判。

注釋

❶ **蹼** 租耕。臺語pok，音ㄆㄨˊ。

❷ **會社** 日語，公司。

❸受……刻虧　臺語，吃虧的意思。

❹租聲　臺語，田租。

❺業主　臺灣在清代的土地制度，因為基於「普天之下，莫非王土」的封建思想，很多土地的所有權都未經確立，所以土地的所有者不稱「地主」而稱「業主」，就是由這個傳統觀念而來。

❻瘧疾　(malaria)，係一種由叫瘧蚊為感染媒介的傳染病。日據時期，臺灣人死於此病者，每年不計其數。當時既無妙方治療，亦無良法預防，萬一不幸被傳染，唯有等死一途。直到一九一二年，英國歷史學家威爾斯(Herbert George Wells)，自歐洲找了很多金雞納霜樹的種子，帶進臺灣，交付林業試驗所，轉發給農民種植，而後臺灣才開始設廠製造奎寧丸，從此為害臺灣的瘧疾才漸而絕跡。

❼尾衙　即尾牙。

❽販路　銷路。

❾坦白　此處作「老實」解。

❿黨得　總是。

⓫從權　暫從權宜。

⓬官廳　臺語，指政府。

⓭糴些米　買進米穀。糴，音ㄉㄧˊ。

⑭**大人**　日治下臺胞對日本巡警的稱呼。

⑮**交關**　臺語，交易。

⑯**規紀**　指行規。

⑰**青草膏的滋味**　意即拷打。

⑱**小使**　日語，工友。

⑲**未**　沒。

⑳**開正**　新年的行事，以「開正」為始。除夕守歲，時過午夜，一至開正時刻，全家大小齊燒香，祀神，祭祖先，恭迎新年，以迎喜避厲。乃由長上挨次三跪九拜禮，繼之燒壽金、刈金，燃放爆竹，以示「爆竹一聲除舊歲，桃符萬戶更新年」。拜後，各喝甜茶，祝賀「新年恭喜」。開正後，始能去就寢。

㉑**法朗士**　法國作家安納托爾．法朗士（Anatole France，1844-1924），青壯時期洋溢溫情的人道主義，中期思想轉為同情無產階級的社會主義，一九二一年獲得諾貝爾文學獎。

㉒**〈克拉格比〉**　法朗士在一九〇一年冬季發表的短篇小說，敘述法蘭西第三共和統治下，一個城市菜販克拉格比，在賣菜過程中，被控汙辱執法的警察，由於司法制度的迫害及中產階級的冷漠，逐漸淪落於生死邊緣的悲劇。

研析

本文首先描述秦得參（臺語「真得慘」的諧音）兩代平日勤勉耐勞僅得溫飽，一旦母死己病，家境立陷窘況。次敘尾牙將至，秦得參向鄰居借稱子到鎮上賣菜。前數日所得，尚可辦些年貨，孰料後來遇到一名日本巡警索賄不成繼而毀秤子，而法官不詳查即科以罰金，令其悲憤莫名。末以元旦秦家忽傳哀鳴，而市上亦有一名巡警被殺作結。

本文讓悲劇發生在本該閤家團聚的春節，這種悲喜對比的藝術手法，旨在強化日治下民生疾苦並控訴殖民政府的經濟榨取及人權摧殘，伸張了被壓迫人民的反抗精神。此文亦反映了賴和的人生觀：為了人間公義和人道尊嚴，生命也可以拋去的堅持。

二七、極短篇

題解

瘂弦說：「極短篇是一個新嘗試，希望以最少的文字，表現最大的內涵；使讀者在幾分鐘之內，接受一個故事，得到一分感動和啟示。」所以極短篇即是篇幅短小，寓意深遠的小小說。本課選文二篇，選自《爾雅極短篇》。

〈一雙儷人〉，藉由一雙儷人的家常對話展開故事序曲，最後揭曉兩人身分，原來是一雙不成對的鞋子，內容創新，深具想像力。

〈白色的教堂〉，敘述女主角琳琳因在異國生活遭遇挫折下而精神崩解，因而縱火燒了當初結婚的白色教堂，文中探討社會環境對人心理層面的影響，發人深省。

作者

張曉風，筆名曉風、桑科、可叵，江蘇銅山人，一九四一年生，東吳大學中文系畢業，曾任教香港浸信會學院、陽明大學、東吳大學。著有散文集《地毯的那一端》、小說集《哭牆》、戲劇集《武陵人》等二十餘種。曾獲中山文藝獎、國家文藝獎散文獎等。

曉風篤信基督，這在她早期作品有明顯的反映；她的作品既懷想中國、又熱愛臺灣，不忘情於古典而縱身於現代，余光中曾讚美她有一枝「亦秀亦豪的健筆」。

張靄珠，廣東陽江人，一九五六年生。國立臺灣大學外文系畢業，美國威斯康辛大學麥迪遜校區比較文學碩士，現任國立交通大學專任講師。曾獲中國時報中篇小說獎、聯合報極短篇小說獎，其中〈白色的教堂〉曾獲第十一屆極短篇小說獎。著有小說《唐倩和她的情人》、《小男人》。

本文

一雙儷人

張曉風

他們的房子很黑，而且有一種灰敗的舊塵的氣味。

「天亮了。」她說。她總是躺在他的右側。

「大約是七點。」他補充，「最近天冷了，要到七點天才亮。」

她其實比男的大了三歲，但因為長得嬌小，所以看起來反而是男的顯老些。

男的說話很有點學者派頭，他總是誇耀自己以前走遍世界，所以，幾乎什麼事他都能分析出個道理來，女的也就百依百順地聽著。

「我們很久沒出門了。」女的說。

「很久了，大約有三年了。」這男的一向極有數字概念。

「我不止，我有三年半了。」女的也忽然不甘示弱地精明起來。

「是中午了。」女的說，「雖然這地方暗，可是從百葉窗，我還是看得出來——是中午了。」

「不算十分中午，」這男的有修正別人講話的習慣，「如果你數到三十，你就會聽見附近國民中學的打鐘音樂——那才是正午十二點。」

女的果然開始數，數到二十八下的時候，鐘聲果然響了，男的有點不以為然。

「那是因為你數的速度慢了一些，要是我數，一定是準三十下。」

女的十分佩服。

「天——黑——了。」男的和女的同時發現了，而且他們也發現對方正在同時說著同樣的話，他們同時猶疑地停下，然後再同時決定把這短句說完。

「聽說街上交通很亂，不出去也罷，」女的不知為什麼語氣有點幸災樂禍，「出去，難免遭人踩，弄得一身髒。」

「何止遭人踩，我看，難免有性命之憂。」男的補充。

二人又沉默了一陣子。

「有件事，我本來不好開口問你，你跟你那口子，」黑暗中男的口氣有些遲疑，但既開了口，他也就硬著頭皮說了下去，「到底是怎麼分的？」

「怎麼分的？」女的忽然氣憤起來，「你都忘了嗎？我的情況跟你差不多的！有一年，那是三年半以前，我跟他在街上走著走著，他不爭氣，折了腿骨，撇下❶我一個人，過了半年，你那口子也出了事，你們兩個一起渡河，你那女人一不小心皮開肉綻，他們二個都給送去整治了！是一起送去的！」

「整治？為什麼整治了三年？還沒整治好嗎？」這男子不知道為什麼碰到跟自己切身的事，精明又全不見了。

「我想是整治好了，但我們的女主人出了一趟國，回來的時候忘了這件事，他們兩個就一直躺在醫院裡。」

「他們兩個自己不會回來嗎？」

「要先付醫療費才行。」

「女主人什麼時候才會想起來去付醫療費？」

「也許已經想起來，也許她已經去過了——可是時間太久了，醫院不耐煩，把他們兩個扔了。」

「什麼？扔了？那我們兩個怎麼辦？」

「怎麼辦？」女的發起烈性子，「不怎麼辦，我們就這樣並排躺著，躺過早晨，躺過黃昏——」

「我們——能不能一起出去走走，我想透口氣！」

「胡說八道，你幾曾看過有人穿兩隻款式不同的鞋子出門？」

「有一件事，現在問你，不知算不算不禮貌，你到底叫什麼名字？」

「我叫『高跟鞋』，白種，小牛皮族，右腳。我們現在一起住在鞋櫃的第二格裡——你呢？你的名字是——」

「我叫『運動鞋』，」男的說：「灰種，橡膠族，左腳——你是說，我和你，真的永遠不能和你出去走走了嗎？」

「這是命，你認了吧！」女的笑了，側身靠男的更近一些。「我們是兩隻不同的鞋，勉強成雙卻不成對！」

「等女主人想起我們兩個，事情就會好一點。」男的嘟嘟囔囔❷還想扳回一點什麼。

「哈，胡說，你不明白嗎？她想起我們的時候就是我們的末日了，那一天，我們就會去垃圾坑。現在，其實，就是我們後半世裡最幸福的剎那了——咦？怎麼天又亮了？」

「我想，是七點五分了。冬天來了，天黑得遲。」男的補充。

白色的教堂

張靄珠

我的新室友茱蒂絲搬進來時，我並未給予太多的注意。像我住的這種地方，室友換來換去是家常便飯。

那時我正在讀一篇英文短篇故事。講的是個精神病療養院的縱火狂。我抬頭問她：「什麼是arson？」（來到美國這麼長一段時間了，英文還是這麼破。我的指導教授說：「琳琳，你的英文太破了。這麼破的英文還想來念心理輔導嗎？趁早回頭吧，不要再浪費時間和金錢了。」）茱蒂絲向我解釋，那是縱火的意思。不知怎地，說到「縱火」這兩個字，她停下搬運那些箱箱籠籠的動作，楞在那兒，臉白得如同一張紙。或許，她的臉生就白得透明呢？洋女人的血管大概生得比我們粗，一白瘦下來，脖子上的血管便清晰可見。但是她的眼睛是棕珀色的。其實，她長得很像我在不知哪一面鏡子裏常常看到的一個中國女人。

我開始真正注意到茱蒂絲，是她不斷的刷洗廚房跟廁所。起先，我很高興自己有這麼一個愛乾淨的室友。但是看到她每半個鐘頭就刷洗一次，那廚廁就白得像像我多年沒再吃過的，臺灣小吃攤上晾曬、用硝酸洗得透白透白還沒下鍋的腸子。她使我無端想起那個不斷想洗清手上血污的馬克白夫人❸。這種症狀，從心理學上講，是強迫性妄想症吧。我的背脊泛起一陣涼颼颼❹的涼意，趕快到處找自己的中國菜刀，想把它藏起來，卻怎麼也找不著。

（「琳琳，我就是受不了你們這些搞心理學的，你們都有毛病。看到男人只戴一個耳環，就說他搞同性戀。看到人家端咖啡的姿勢改變，就說人家失戀了。」我的丈夫說我。）

除了有這個怪癖，茱蒂絲其實是個溫和的女人。她和我一樣，使用白色的床單和被套。她比我「白」得更過分，愛穿白色的衣裙和鞋襪，看來像個護士。當她不清洗廚廁時，就戴那種新娘戴的白色鏤花手套。她有點神秘兮兮，出沒無常。和我同住的其他人，都說還未見過她。

茱蒂絲的床頭豎著兩個像人那麼高的櫃子，我真不知她一個人怎麼把這麼大的櫃子弄進來。這兩個櫃子像海盜船的珠寶箱，又讓人懷疑是藏了屍體之類的東西。有一回，我趁她不在，費了九牛二虎之力打開，裏面空空如也，除了一片薄薄白紙條，上面寫著：Anti——Fat（反肥胖），還畫了個骷髏。是的反肥胖。他們說人其實是仍停留在腔腸期❺，靠著這一頭不斷咀嚼來填補另一頭的不滿足。肥胖其實就是性飢渴的象徵。

（「琳琳你不能馬上停止這咀嚼馬鈴薯片的噪音嗎？不照照鏡子看你胖得像個母豬！」我的丈夫說我。）

茱蒂絲其實是個離過婚的女人，從她安詳的容貌，很難看出她有兩次割腕自殺的記錄。她常指著窗外不遠處一座純白無瑕的教堂告訴我，她是在這教堂結婚的。

哦這白色的教堂我熟悉得不能再熟悉，卻已很久沒去。雲影落在上面，就像灑滿菌子。春天的朝陽替它敷染一層淺淺紅色咳嗽藥水的顏色。冬夜裏雪花像白色安眠藥片，落在教堂的尖塔，往往引起我神秘的欲望，脫光了衣服，在窗前舞蹈。秋天，楓紅掩映，整座教堂有如起火燃燒，那是它最美最美的時刻。

（我從前的美籍好友Velvet（絲絨）便在這教堂舉行婚禮。Velvet這名字使我忍不住想發笑，想到電影藍絲絨，以及劇情中那片被割下棄置草叢，蒼蠅嗡嗡圍繞的一隻耳朵。

絲絨和我要好得不能再好，她教我如何把衛生棉條塞入下體。「我的天，琳琳，你連這都不會。」她說我。我參加了絲絨的婚禮。非醫生或律師不嫁的絲絨終於如願以償，嫁了個拿到法學博士，前程看好的中國丈夫，擺脫了她童年的貧窮夢魘❻。在婚宴舞會上，大家爭相和新娘新郎共舞。我有機會和絲絨的中國新郎共舞時，發現新郎就是我的丈夫——曾經是。我狂吻新郎，把草莓沾滿巧克力糖漿一顆顆往嘴裏塞，大聲叫笑。）

的確，茉蒂絲提醒了我關於那座教堂。在我三十五歲生日那天，他們說我記錄良好，准我兩小時假外出。我穿上白紗洋裝，戴著鏤花白手套，去到那座教堂。我確信茉蒂絲也在那兒。

黃昏我回來後，從窗口望見教堂起了一場神秘的火，美如秋天的楓紅。

警察突然而至，不斷煩我，並想把我帶走。不論我如何跟他們解釋：「那不是我幹的，是茉蒂絲幹的。」沒有用的。沒有用的。

注釋

❶ **撇下** 棄置不顧，撇，音ㄆㄧㄝ。

❷ **嘟嘟囔囔** 小聲抱怨，嘀咕。有不滿別人說話的意思。

❸ **馬克白夫人** 《馬克白》是莎士比亞最短的悲劇，敘述勇敢的蘇格蘭將軍馬克白出於野心和妻子的慫恿，暗殺國王鄧肯，自立為王，成為一名暴君。後來他與夫人變得自大、瘋狂，直至二人最後的滅亡。

❹ **涼颼颼** 形容冷風、寒氣逼人。

❺ **腔腸期** 佛洛伊德的人格發展理論中，人類口腔期是0~1歲，而其原始慾力的滿足，主要靠口腔部位的吸吮、咀嚼、吞嚥等活動獲得滿足。成人中所謂的口腔性格，就是因口腔期發展不順利所致，在行為上表現貪吃、酗酒、吸菸、咬指甲等，甚至在性格上悲觀、依賴、潔癖者，都被認為是口腔性格的特徵。

❻ **夢魘** 睡夢中受到驚恐。魘，音ㄧㄢˇ。

研析

一雙儷人

本文作者布局精巧，多處設疑引出讀者好奇心。首先以一對男女的家常寒暄揭開序幕，男人外表有學者派頭，曾有走遍世界的見識，女人嬌小柔順。而兩人竟都三年多未出門，未出門原因令人費解。接著二人從附近小學鐘聲聊到令人擔憂的交通，除了怕被人踩也怕有性命之憂，難道這是未出門的原因？

後半情節敘述原來兩人各有配偶，但也各自發生了意外。女人的配偶在路上跌斷腿骨，男人的配偶因渡河而皮開肉綻，雙雙都送進醫院，再也沒回來，這是因為女主人未到醫院付醫療費用，可能都被遺棄了。為何被遺棄呢？實在有違常理。而後兩人在互相探詢姓名後，答案揭曉，原來是一對不成雙的男女鞋，這是三年多不能出門的原因，而日後也將永遠無法出門。

本文題材新鮮，情節處處引人好奇，結局更出人意表，讀來趣味盎然，實為極短篇中最足以為典範之佳作。

白色的教堂

本文敘述琳琳與茱蒂絲在異國的生活遭遇，最後故事揭曉，原來兩人是同一人，一個人格分裂的精神病患的故事。

文中茱蒂絲不斷的清洗廚房和廁所，「神秘兮兮又出沒無常」、「其他人未嘗見過她」，透露出她神秘異常的人格特質。全篇呈現「蒼白」氣息，例如「臉白得如同一張紙」、使用「白色的床單和被套」、「她愛穿白色的衣裙和鞋襪」等，除了呼應白色主題外，如此白得不尋常、白得病態，種種都為「精神分裂的縱火者」埋下伏筆。

小說中從許多細節中都可以看出：「茱蒂絲就是我」，例如「其實，她長得很像我在不知哪一面鏡子裏常常看到的一個中國女人」。在抽絲剝繭中現形的茱蒂絲是一個受盡丈夫嘲弄肥胖的女人，不但缺乏自信，在異國生存承受極大壓力與生活不適應，離婚與精神崩潰的結果可想而知。

白色教堂在「秋天，楓紅掩映，整座教堂有如起火燃燒，那是它最美最美的時刻。」它是茱蒂絲結婚的地點，也是前夫與最好朋友絲絨結婚所在，故白色教堂是純潔美好的初始，也是殘酷創傷的結束。

於是「我穿上白紗洋裝，戴著鏤花白手套，去到那座教堂。我確信茱蒂絲也在那兒。」凡由以上種種，可預想見白色教堂被縱火的結局。

美國霍爾曼教授在《文學手冊》中：「極短的短篇小說，長度多在五百到二千字之間，結尾有『扭轉』或『意外』」。故本文除呈現一種詭譎淒美的格調外，也具備了極短篇中「意之不測」的效果，十分引人入勝。

二八、武陵人

張曉風

題解

本文選自《曉風戲劇集》，此集所收錄的戲劇皆是「話劇劇本」。

中國早期話劇始於一九〇七年，受日本新派劇的影響而產生；五四時期，歐洲戲劇傳入中國，現代話劇興起；一九二八年，戲劇家洪深把此劇種定名為「話劇」。

〈武陵人〉共四幕，本文節錄前奏及第四幕。此劇原型乃陶淵明的〈桃花源記〉，本文就陶淵明未說明漁人為何「辭去」之部分，推演出武陵人返家主因：切切地渴想著天國。

作者

張曉風，筆名曉風、桑科、可叵，江蘇銅山人，一九四一年生，東吳大學中文系畢業，曾任教香港浸信會學院、陽明大學、東吳大學。著有散文集《地毯的那一端》、小說集《哭牆》、戲劇集《武陵人》等二十餘種。曾獲中山文藝獎、國家文藝獎散文獎等。

曉風篤信基督，這在她早期作品有明顯的反映；她的作品既懷想中國、又熱愛臺灣，不忘情於古典而縱身於現代，余光中曾讚美她有一枝「亦秀亦豪的健筆」。

本文

人物表

灰衣黃道真——他是一個漁夫，一個由於生活不得不執起網罟❶的漁夫，但也許由於年輕，他不知道如何使自己免於被網的命運而深感痛苦，他學不會安於無知。

白衣黃道真——他也是黃道真，他常和黃道真談一些看不見的事。一些似乎是不切實際的事。

黑衣黃道真——他也是黃道真，他總不忘記提醒黃道真做一個聰明世故的人。

漁夫趙、錢、孫、李——他們是一些成功的漁人，至少他們知道怎麼適應他們的生活，知道怎樣妥協。

樵　　夫——和漁夫一樣，他所做的也是一些文人羨慕的行業，可是他也是一個不快樂的樵夫。

桃花

翦紅

老叟——桃花源中的長者

小玉——老叟的孫女
大楞子
大楞子的父親
大楞子的母親
桃花的母親
群眾若干人（可有可無）

前奏

在一切的動作和燈光之前，是音樂和舞蹈。

音樂很簡單，幾乎是說話，或者明確點說，是舊式的中國孩童的朗誦，對某些人而言，這種音樂是有點過分單純簡陋了。

可是這種緩慢的，拉長了調子的吟哦，似乎被一種沉重的歷史感壓迫著，亦自有其動人處。他們唸的是：（音樂用《**前奏曲**》❷）

晉太元中，武陵人，捕魚為業。

緣溪行，忘路之遠近。忽逢桃花林！

夾岸數百步，中無雜樹。芳草鮮美，落英繽紛。

漁人甚異之，復前行，欲窮其林。

林盡水源，便得一山，山有小口，彷彿若有光，便舍船，從口入。

……

而這場舞蹈，是獨立的，由三個黃道真的並立、衝突、破析來籠罩全域，它的意義不單是序曲或楔子❸，它是整個戲的解釋。

第四幕

照例地，幕升時仍是音樂，那種古老遲緩誦經似的音樂。（用**《誦經樂》**）黃道真在溪旁垂釣，而舞台的另一邊，是他幻想中的桃花母女，她們正在理絲，在黃道真之後，背對背坐著白衣黃道真。幕啟時，他離開黃道真，以舞蹈動作，趨近幻境中的桃花母女，他不說話，但，像唱雙簧似的，黃道真的話，都由他來動作——不過動作並不多。

桃花娘：道真哪，你今天回來得早。（一種夢寐似的平板的聲音，以下亦然。）

黃道真：是啊，這裡的魚特別多，也特別容易抓。

桃　花：真的？

黃道真：真的，我現在知道你們為什麼在這裡一住六百年。這裡的土特別肥，這裡的花特別紅，這裡的蠶特別大，吐的絲也特別長，這裡的糧食特別香，果子特別甜❹。

黃道真：六百年來累積的歡樂是一缽子濃濃的蜜，陷在裡面，就沒有人想重新爬起，從晉朝的日曆走回秦朝的日曆，晉朝的干戈？晉朝的離亂？隨它在外面去鬧去。（三人下）

（又釣起一條魚，他悠然取下，放入魚簍。）

（老叟帶小玉上）

小　玉：黃叔叔！

黃道真：老伯！您來了！

老　叟：我找了好久，原來你在這裡。

黃道真：老伯有事，叫小玉來叫我好了，何必勞動大駕？

老　叟：不妨，不妨，我有一件事跟你說。

黃道真：是的。

老　叟：你曉得，你是我們這裡六百年來唯一的客人。

黃道真：是的。

老　叟：你曉得，我們大家也都待你不薄。

黃道真：是的，我知道，一個月來，我喝遍了每一家的酒。

老　叟：我看，你也還喜歡這地方。

黃道真：是的。

老　叟：你曉得，我們這裡好處很多。

黃道真：是的——不交稅，不打仗，沒有國君。

老　叟：而且，你曉得，我們當初是為了躲避秦朝才逃進來的。

黃道真：是的。

老　叟：所以，到現在六百年了，我們仍然還在害怕。

黃道真：害怕？害怕什麼？

老　叟：怕有人找到我們，怕有人把我們帶回從前的生活。

黃道真：可是，這個洞這麼隱祕，誰能找到呢？

老　叟：（狡獪地）有一個人就找到了。

黃道真：可是，我不會洩漏的。

老　叟：我們怎麼知道？

黃道真：老伯，我人在這裡，我怎麼會去洩漏什麼呢？

老　叟：也許，你今天就走了，我們怎麼知道？

黃道真：啊，老伯，我怎麼辦呢？

老　叟：好吧，我給你兩條路，第一條，你在這裡娶妻生子，一輩子只知道有桃源，不知道有武陵。

黃道真：第二條呢？

老　叟：第二條路是讓我們把你的眼睛蒙上，送你回你原來入洞的地方。

黃道真：事情很急嗎？叫我娶誰為妻呢？

老　叟：事情很急，我今天黃昏來聽取回音，至於娶妻，還有誰比桃花姑娘漂亮，還有誰比她能幹，還有誰比她溫柔，如果你願意入贅，她們一定更歡喜。

黃道真：好吧，黃昏的時候——（用《雅樂》）（叟下）

黃道真：這裡是他們發現的樂園，他們拒絕我是理所當然，原來真要走進他們的歡樂，也有那麼多那麼多的困難。

（黑衣黃道真潛上）

黑衣人：為什麼你說困難？其實，不也挺簡單，只需要娶一個女人，這件事馬上就

能實行。

黃道真：可是，在東村，還有一個姓藍的姑娘。

黑衣人：姓藍的姑娘？你家裡的人準以為你已經死了，那姓藍的姑娘將來自然會另嫁，而且你還沒見過她，聽說她的容貌也很平凡。

黃道真：我還有一個打柴的朋友。

黑衣人：哎呀，你說這話真是好笑。你死了，他照樣能吃飯睡覺。那邊的世界少了個你沒什麼大不了。

黃道真：我……

黑衣人：不要再我，我，我，難道你還想再回到武陵溪畔去受氣？那些趙錢孫李都不是好東西。他們吵吵鬧鬧，爭爭擠擠，他們哪裡配跟你在一起？

黃道真：請你走吧，請你走吧……

黑衣人：（全然不理）再說，桃花姑娘有多麼好，女人的好處她沒有一樣沒有。現在的事情最簡單不過，只要你肯開一下口。

黃道真：走吧，走吧……

（黑衣人下，黃道真因痛苦而伏地。）

白衣人上，他這一次出現似乎比任何一次出現都光華莊嚴，他一聲不發，坐在黃道真身旁。）（用《陽關三疊》）

（不知由於一種什麼力量，黃道真感覺到他的出現，他抬起頭來，接觸到那張美好發光的臉。）

黃道真：你是誰？

白衣人：我是黃道真，我是你最深處的自己。

黃道真：可是，為什麼，你那麼光華美麗。

白衣人：我一向如此。

黃道真：你來，有什麼話對我說呢？

白衣人：這裡，是一個可以享福的好地方。（友善地）

黃道真：是的，很好的地方。

白衣人：可是，它只是一種次等的理想。

黃道真：（幾乎驚跳起來）次等的？

白衣人：是的，次等的美善比醜惡更令人不能忍受。

黃道真：為什麼？

白衣人：因為在醜惡裡，人還有希望，還有夢，還肯孜孜不息地去尋求，去叩門。

黃道真：但是在次等的美善裡，人們卻知足了。

白衣人：是的，他們喝著酒，唱著歌，穿著他們的新衣，數著他們的銀子，抱著他們的孩子，很得意地說，他們已經逃開了秦。

黃道真：可是，能這樣，不也是一種簡單的幸福嗎？

白衣人：可是，世界上有比秦更可怕的東西——秦可以毀滅，可以消失，但那些比秦更可怕的東西卻毀滅不掉。

黃道真：沒有呀，我在這裡沒有看見什麼可怕的東西。

白衣人：這裡有生，這裡有老，這裡有病，這裡有死。

黃道真：這些並不可怕呀，反正人人都有那麼一遭。

白衣人：那是因為大家已經忍受慣了，所以就認命了。而且，此外他們也有恐懼，也有猜疑，也一樣地自私。

黃道真：連這些，我也差不多慣了。

白衣人：他們的歡樂是一種凝結窒息的歡樂，六百年的豐足使他們自傲自豪，如果你願意，你可以加入他們的歡樂，否則，你也有權利掙脫他們的歡樂。

黃道真：但是，你要我怎麼樣呢？你要我怎麼樣呢？我一向都覺得離開這裡是「犧牲」，是「責任」，而你卻說我有「放棄的權利」，放棄，難道也可以是一種權利嗎？

白衣人：如果你被迫放棄，那就不是權利，如果你自己要求放棄，那就是一項權利。

黃道真：——我走了，桃花姑娘怎麼辦呢？

白衣人：哈，哈，放著桃花姑娘的那種美貌，你以為桃源村的人會把她擱到老嗎？

黃道真：啊！（困惑而激動）武陵，你的苦難。桃源，你的歡樂，我將怎樣選擇。

白衣人：但是在苦難裡，你可以因為苦難的煎熬而急於追尋第一等的美善。但是在這次等的歡樂裡，你將失去做夢的權利，你會被欺騙，你會滿足於這種仿造的冒充貨。你會躺下來睡覺，站起來吃喝。

（說完走下）

黃道真：黃道真——黃道真——（以下音樂用《**雅樂**》）

（桃花姑娘上）

桃　花：啊——他，他難道有點瘋癲。他那樣急急地叫著別人，用的卻是自己的名字。

黃道真：（發現桃花）啊！桃花。

（兩人默然，一種由於兩情漸好，卻又沒有好到真正交融的程度而形成的默然。）

黃道真：桃花，為什麼你今天特別美麗，深深的淵水裡才有金鱗的大魚。淺淺的溝水裡只有細小的蝦。

只有桃源洞裡六百年的歡樂和平靖❺，才能結晶成為你的顏色。

（轉身旁白❻）啊，她的美豔使我痛苦，使我悲哀地想起，那些因為戰爭和離亂，而產生不出這種美麗的地方。

桃　花：黃道真，你這陌生的武陵人，我給你帶來今天的荼蘼❼，因為，也許，明天荼蘼就要謝盡。

黃道真：哦，請你放下你的荼蘼花，當你在的時候，我勸你永遠不要拿出它來，因為你自己把你的禮物襯得醜陋無比。等你臨走的時候，你可以把它送人，因為那時候，那時候荼蘼花又恢復了它的美豔。

桃　花：來吧，讓我們不要再說花，把武陵的故事講給我聽，告訴我那位姓司馬的皇帝，告訴我村子東邊黃角樹下的那一家。

黃道真：其實，也沒有什麼好聽，因為所有的皇帝只是皇帝，不管他姓劉，還是姓司馬。反正歷代的皇帝總在換姓，只有我們小老百姓守住一個姓不改。

桃　花：哈，哈，當皇帝倒是有趣，你從秦始皇起講給我聽吧！

黃道真：秦始皇，他，他好像燒過書，也殺過人，他好像砌過一道厚磚牆擋敵人，可是後來卻是被牆裡面的勢力消滅的。

桃　花：你們受了些苦吧？

黃道真：大概是吧，有一位張良，拿著大椎去行刺，卻不幸失手。

桃　花：唔——（對於悲哀，她的感受很遲鈍，她幾乎完全不知道黃道真在說些什麼。）

黃道真：有一位項羽，幾乎做了漢朝皇帝，可是他失敗了，他臨死之前仰天而哭，說：「力拔山兮氣蓋世，時不利兮騅❽不逝，騅不逝兮可奈何，虞兮虞兮奈若何。」

桃　花：唔——後來呢？（顯然不生興趣，只顧數著荼靡花瓣。）

黃道真：後來，就有了漢朝，強得不得了，一共坐了四百多年的皇帝位子。

桃　花：可是我們有六百年呢！

黃道真：漢朝末年是最熱鬧不過的了，那時候有三國，他們爭來爭去，他們在赤壁打仗，赤壁，這名字聽起來就夠驚心動魄的了。

桃　花：（勉強）唔，是的——

黃道真：三國之後就是晉了——

桃　花：是的——

黃道真：我們晉朝真是不幸，老是打仗，一直打仗，跟外邊的人打，跟裡面的人打——反正老是打。

桃　花：唔——

黃道真：那麼，你說說這裡的事。

桃　花：我們剛進來的時候只有一船人，當初我們沒有什麼東西吃，只吃帶來的東西，可是不多久，種下去的糧食全長出來了。

黃道真：後來呢？

桃　花：（高興）後來就一直吃，吃不完，吃了六百年。

黃道真：難道這期間就沒有一件悲慘痛苦的事嗎？

桃　花：悲慘，嗯，有的，聽說二百年前有一件事，很悲慘，有一個釣魚的人，釣到一頭大魚，拉不起來，反而被魚拉下水去了，魚吃了他幾口肉，才把他放回來的。

黃道真：天啊，這就是你們唯一的悲劇嗎？

桃　花：是啊，另外我也想不出什麼事來了。

黃道真：當我和我的祖先在六百年裡不斷地吃著苦的時候，你們在幹什麼呢？

桃　花：我們在歡樂，我們，和我們的牛，我們的狗，甚至還有我們的雞，都一成不變地歡樂著。（以下音樂用《終曲》）

黃道真：那麼，將來，當武陵人和武陵人的子孫在受苦的時候呢？

桃　花：我們仍將歡樂，我們將永遠守著這一片歡樂。除了歡樂，我們還有什麼呢？

黃道真：啊，桃花，桃花！（以下音樂用周文中《漁歌》）

讓我最後一次看你的臉，讓我最後一次看你的眼睛。

你的沒有風波的臉，你的沒有哭泣過的眼睛。

我現在知道了我的選擇。

桃花！桃花！

桃　花：你要做什麼？為什麼你的聲音這樣發抖？

雖然你站得畢直，我卻覺得你全身都在搖晃。

你雖然沒有一滴淚水，我卻聽到你嚎啕的哭聲。

黃道真：桃花，桃花，黃昏就要來到，這是我最後的時候，我必須向這裡告別。你們到這裡是躲避秦朝，我到這裡卻是躲避武陵。躲避那些你們不曾聽說的離亂貧窮和煩瑣。但現在我開始明白，你們的歡樂我永遠沒有份，你們註定要陷在這種歡樂裡，這種次等的理想，次等的美善，而我，和我的父老，卻註定以艱難為餅，以困苦當水，並且在長久的磨難裡，切切地渴想著天國！

（群眾上，和入桃源時一樣，黃道真又和村人形成十分懸殊的對立的情勢。）

群眾同聲唱：（或用錄音帶，他們一個一個出場，自成一圈地繞著。）

（以下音樂用《**平調**》）

這裡的魚特別多，並且也特別容易抓，
這裡的土特別肥，這裡的水特別清，
這裡的太陽特別溫暖，這裡的月亮特別圓，
這裡的花特別紅，這裡的水果特別甜，
這裡的蠶特別大，所吐的絲也特別長，
這裡的糧食特別香，這裡的姑娘特別漂亮。

黃道真：可是，我寧可選擇武陵。
群眾同聲：武陵地方有什麼好？
黃道真：（沉吟）武陵地方沒有什麼好。
群眾同聲：晉朝有什麼好？
黃道真：晉朝也沒有什麼好。
群眾同聲：你故鄉的人有什麼好？
黃道真：是的，（搖頭）我的故鄉的人也沒有什麼好。
群眾同聲：那麼，你究竟為著什麼回去？
黃道真：我退回武陵，是因為我厭倦了桃源。
在武陵，我至少有嚮往天國的權利，
而在這裡，你們只有舒服，只有安靜，只有一切令人發狂的幸福。
群眾同聲：如果我們這裡不是天國，請問還有什麼天國，難道武陵就是天國嗎？
黃道真：不，武陵不是天國，但在武陵的痛苦中，我會想起天國，但在這裡，我只會遺忘。忘記了我自己，忘記了身家，忘記了天國，這裡的幸福取消了我思索的權利。

群眾同聲：你是愚蠢的，你是愚蠢的，世上哪裡有天國，你不如躺在這裡享清福。

黃道真：你們被一種次等的幸福麻痺了靈魂，你們被一種仿製的天國消滅了決心，至於我，我已不屬於這種低劣的歡樂，我寧可選擇多難的武陵。

群眾同聲：你是愚蠢的，你是愚蠢的。

老　叟：大楞子！（交大楞子一塊黑布）

大楞子：（一面蒙其眼）你去找你的天國吧！你去找你那根本不存在的頭等的幸福吧！

黃道真：我穿過黑暗而來，我也穿過黑暗而去，你們會笑我愚蠢，將來的人也將笑我愚蠢，那麼，讓愚蠢的人笑我愚蠢，讓懦弱的人笑我懦弱，但這是我自己的權利，這是我光榮的選擇。

（群眾退，桃花依依地望著，但終於，她也退下了，跟別人一樣。老叟推著黃道真往前走，走了幾轉，他推了他一把。）

老　叟：嗒，就從這裡下去，下去。

（黃道真艱難地爬入小洞，掙扎而出，這一段掙扎幾乎和入洞時相同，唯一的差異在於入洞時帶著好奇，出洞時則多了一份返家的急切。）

（這一切仍如蟬蛻的掙扎，舞台有短暫的黑暗和強大的音響效果。如果演員不能把握動作的舞蹈性，亦可用換場方式演出。）

（終於黃道真到達了洞口，找到了船。）

黃道真：啊，船，我破舊的船，讓我們回家吧！

（忽然，他發現溪畔睡著一個人，那正是他的朋友樵夫。他酣然地曲肱而睡。）

黃道真：啊，好朋友，你怎麼也來，你怎麼找到的？

樵　子：（醒過來）啊，我終於等到你了，你許久不回家，別人都說你死了，可是我卻找到你的船，我知道你一定在附近。

黃道真：啊，這個故事長得很呢！我們一邊走一邊說吧！其實，我差一點不回來了。

樵　子：（興奮）真的？你碰到使你差一點不回來的事了？

黃道真：我穿過一個山洞，我走進了一個歡樂的村莊。啊！叫我怎麼形容那個村莊呢？他們說：

（村中群眾在一種遙遠朦朧的燈光中出現，齊聲唱。）（以下音樂用《**平調**》）

這裡的魚特別多，並且也特別容易抓，
這裡的土特別肥，這裡的水特別清，
這裡的太陽特別溫暖，這裡的月亮特別圓，
這裡的花特別紅，這裡的水果特別甜，
這裡的蠶特別大，所吐的絲也特別長，
這裡的糧食特別香，這裡的姑娘特別漂亮！

樵　子：世間真有這樣的地方？
黃道真：可是，我放棄了這種次等的幸福。
樵　子：啊，我——
黃道真：什麼事？
樵　子：我要回頭，我要去拾取你所丟掉的幸福。
黃道真：不要去，我的朋友。
　　我們活在世上是一群口渴的人。
　　而桃源村正像一片大海汪洋。

樵　子：那不是很好嗎？

黃道真：是的，當時，你以為你掉進了天堂，
　　但等你張開口，你發現所有無邊無際的鹹水，你一口都不能喝。

樵　子：可是（猶疑），我還是要去。

黃道真：好吧，你去尋找吧！這樣空曠的黑夜，這樣黯淡的星光，我懷疑你會找不到。如果你找得到，並且找得快的話，也許桃花姑娘還沒有出嫁，你還來得及做個新郎。

樵　子：也許我會回來，甚至，我根本找不到。

黃道真：我不知道，我的朋友，也許你能安於那種歡樂，也許你仍發狂地想著武陵的苦難。

樵　子：再會吧！

黃道真：再會吧！（以下音樂用《**漁歌**》）所有的桃花都已經謝盡，（抬頭）終於把藍色還給了天空。這樣的溪水簡直溫暖像血（伸手入水），從我的手裡流著，流過整個武陵縣。
　　我的朋友，我的朋友，（悵然地望入雲山）你踏著我踏過的路走進去，我不知道你肯不肯踏著我踏過的路走出來。

啊，武陵，我又看到你了，我感到我做夢的欲望又復活了，我尋求的力量又恢復了，我對天國的嚮往又強烈起來了。雖然我必須忍受人世的苦難，可是，我絕不後悔我的選擇。

（用錄音效果重播黃道真方才的宣告）

（這段話或視需要重播若干次）

（至幕落用《**終曲**》音樂）

（彷彿是他那份心意又從千山萬谷中蕩回來了）

你們被一種次等的幸福麻痺了靈魂，

你們被一種仿製的天國消滅了決心。

至於我，我已不屬於這低劣的歡樂，

我寧可選擇多難的武陵。

（音樂）

——幕下

注釋

❶ **罟** 網的總稱，音ㄍㄨˇ。

❷ **《前奏曲》** 係本劇演出時配樂之樂曲名，以下文中以黑體字表示者均為樂曲名，其中大部分為陳建台所作。

❸ **楔子** 原為木匠用來塞緊木作的榫頭的木片。後來戲劇、小說借用此名，多作為開場白、引言之用。楔，音ㄒㄧㄝˋ，又讀ㄒㄧㄝ。

❹ 以上對白同於第三幕之始。

❺ **平靖** 平和安穩。

❻ **旁白** 戲劇名詞。劇情進展中，從旁加入評述的台詞。

❼ **荼蘼** 即「荼蘼」、「酴」的植物，屬於落葉亞灌木，莖高約四、五尺，自根叢生，長有刺，葉為羽狀複葉，初夏開白色花，極為漂亮。

❽ **騅** 毛色純白中雜有黑色的馬，音ㄓㄨㄟ。

研析

在〈桃花源記〉中，桃花源是個芳草鮮美、落英繽紛的地方，也是個黃髮垂髫、怡然自得的社會，漁人接受盛情款待之餘，仍然「辭去」，為什麼想離開？本文作者安排五段情節推演她的觀點：

一、老叟的條件：老叟名為「怕有人找到」實為逼婚，向黃道真開出條件——娶妻留下，否則離開。

二、內心的掙扎：老叟走後，黑、白衣人輪番上陣，可以見出現實和理想正在黃道真的內心做激烈的掙扎。

三、與桃花對話：黑、白衣人離去，桃花上場，透過二人毫無交集的談話——黃道真沉重地談外界的離亂，桃花無憂地說本地的歡樂——他終於決定了去留。

四、告別桃花源：透過桃源人與黃道真一來一往的對話，作者抽絲剝繭地說明黃道真離開桃源，追求天國，是理性的選擇。

五、不悔的抉擇：出洞時，黃道真遇見老友樵子，簡述奇遇後，樵子欣然前往，劇末以重複播音的效果，宣告黃道真無悔的選擇。

附編

附編甲、推甄自傳與學習計畫

概說

在推甄入學的制度下，只要有專長，就有機會進入嚮往的校系。由於推甄入學的同學不得轉系，所以同學們平日應多了解自己的興趣、特質，對自己的未來有明確之規劃，而非盲目選擇。

本篇因應推甄入學制度，特將推甄的自傳與學習計畫應注意之撰寫步驟，略述如下。

撰寫方向

一、自傳：展現比別人更適合此科系的特質。

二、學習計畫：清楚自己在專業領域上是怎麼學習的，要怎麼成長。

撰寫要點

一、自　傳

1. 家庭生活。
2. 求學經過、社團活動。
3. 個人專長、簡要經歷。
4. 未來生涯規劃。

二、學習計畫

1. 興趣及特長。
2. 學業及課外活動之表現。
3. 就讀擬甄試入學學校之動機。
4. 未來學業及生活之展望。

附件

1. 專業證照。
2. 得獎證明與活動表現證明。
3. 完整作品。

□□□學年度技術學院二年制聯合甄選入學個人自傳表

個人相關基本資料：

姓　　名：＿＿＿＿＿＿＿＿　　　　甄選系組：＿＿＿＿＿＿＿＿

推薦學校：＿＿＿＿＿＿＿＿　　　　原就讀科別：＿＿＿＿＿＿＿

一、本自傳下列各項內容請參酌使用，亦可自行書寫。

1. 家庭生活。
2. 求學經過、社團活動。
3. 個人專長、簡要經歷。
4. 未來生涯規劃。

二、本自傳可使用本表格式，不足部份請自行以應或另以A4紙張自行書寫或繕打。

一、家庭生活：(表現符合此科系的個性特質)

◆ 家庭對自己個性與性向的影響。

二、求學經過：(表現了解自己的學習與成長)

◆ 學校、老師、同學對自己成長的影響。

◆ 就讀本科的積極原因。

◆ 五專（高中職到二專）各階段的學習態度與學業表現。

三、社團活動：(表現獨立、合群、負責的做事態度)

◆ 校際、社團、班級活動中的學習與成果。

四、個人專長：(表現沉浸在興趣中的優遊自在)

◆ 偏重在專業外的說明，平日如何探索？有何成果？

五、簡要經歷：(表現勤奮任事的學習態度)

◆ 專業外的工作表現，如義工、工讀經驗中的學習與成果。

六、生涯規劃：(表現了解自己未來的路要怎麼走)

◆ 進入此科系後的生涯規劃。

◆ 畢業後的生涯規劃。

學生親筆簽章：＿＿＿＿＿＿＿　　年　月　日

□□□學年度技術學院二年制聯合甄選入學學習計畫

一、本學習計劃請包含下列各項內容(每一細目請書寫 300 至 400 字之間)

1. 興趣及特長。
2. 學業及課外活動之表現。
3. 就讀擬甄試入學學校之動機。
4. 未來學業及生活之展望。

二、本計劃書可取用本表格式,不足部份請自行影印或另以 A4 紙張自行書寫或繕打。

一、興趣及特長:(表現獨立探索的能力)

◆ 偏重在專業內的說明,平日如何探索?有何成果?

二、學業及課外活動的表現:(清楚自己的學習狀況,表現規劃、領導的能力)

◆ 專科學業各階段的學習與突破。
◆ 與專業相關的表現,如義工、實習、科學會、工讀經驗的學習與成果。
◆ 得獎事由。

三、就讀擬甄試入學學校之動機:(唯此科系最能滿足自己專業上的需求)

◆ 此學校的特色。
◆ 此科系在眾多學校同一科系中的特色。
◆ 此科系最能培養自己所需要的能力。

四、未來學業及生活之展望:(清楚知道未來的路要怎麼走)

◆ 持續追求專業與生活上的興趣。
◆ 要先了解各年級課程在專業上的重要性。
◆ 具體規劃未來的學習,分階段說明:
  1.近程目標(二技開學前)。
  2.中程目標(二技就學期間)。
  3.遠程目標(二技畢業後)。

學生親筆簽章:＿＿＿＿＿＿＿＿　　年　月　日

附編乙、就業履歷表、自傳與應徵信

概說

離開學校後，選擇自己適合的工作，第一步要做的當然是撰寫就業履歷表、自傳及應徵信。同學不要輕忽這個步驟，因為一份大方得體、措詞得宜、格式整齊的應徵信及自傳、履歷表，是你和雇主雙方溝通的第一道橋樑，將可助你獲得面試機會，踏上職場的康莊大道。

撰寫方向

一、展現比別人更適合此工作的特質。

二、重點介紹與此工作相關的專長與表現。

三、應徵不同的工作，應撰寫不同內容的自傳與不同排序的履歷表。

撰寫要點

一、履歷表

1. 照片（非必備）：親切莊重。
2. 內容：條列整齊、文字簡潔。
3. 次序：能凸顯優點的項目排列在前。
4. 頁數：以一頁最好，勿超過兩頁。
5. 版面：完整、清爽。
6. 紙質：精緻、無香味。
7. 忌諱：塗改、有錯字、影印了事、使用網路語言。

二、自　傳

1. 語氣：誠懇、不卑不亢。
2. 態度：積極進取。
3. 文筆：簡潔流暢、措詞端莊、文字優美。
4. 字數：六百字至九百字均可，頁數以一頁最好，勿超過兩頁。
5. 版面：完整、清爽。

6. 紙質：精緻、無香味。

7. 忌諱：塗改、有錯字、影印了事、使用網路語言。

三、應徵信

1. 格式正確。

2. 用語貼切。

3. 簡潔扼要。

4. 段落分明。

5. 謙恭有禮。

一般生履歷表項目要點

履　　歷　　表

照　片

（非必備）

姓名：
生日：
性別：
身高：（非必備）
體重：（非必備）
個性：（符合此工作的個性）
地址：
電話：
E-mail：

應徵項目：
教育背景：（先寫專科，再寫高中職）
專業訓練：（證照、訓練、研習，以時間近的先寫）
特殊專長：（與此工作相關的先寫）
得獎事由：（先寫校外，再寫校內）
活動表現：（先寫校外，再寫校內社團、班級）
工作經驗：（與此工作相關，以時間近的先寫）
實習單位：（先寫專科，再寫高中職）
電腦程度：（擅長的項目，文字輸入的速度）
語言能力：（英檢，第二外語、台語、客語能力）

在職生履歷表項目要點

履　　歷　　表

照　片 （非必備）

姓名：
生日：
性別：
身高：（非必備）
體重：（非必備）
個性：（符合此工作的個性）
地址：
電話：
E-mail：

應徵項目：
工作經驗：（與此工作相關的，以時間近的先寫）
專業訓練：（證照、訓練、研習，以時間近的先寫）
得獎事由：（先寫工作上、校外的，再寫校內）
教育背景：（最高學歷）
活動表現：（先寫工作上、校外的，再寫校內）
特殊專長：（與此工作相關的先寫）
電腦程度：（擅長的項目，文字輸入的速度）
語言能力：（英檢，第二外語、台語、客語能力）

一般生就業自傳撰寫要點

自　　傳

撰寫人：〇〇〇

成長背景：（表現符合此工作的特質）

- ◆ 家庭對自己個性養成與職業取向的影響（不要冗長介紹家中的成員）。
- ◆ 學校（其他人）對自己成長的影響。
- ◆ 若寫到自己的缺點，要瑕不掩瑜。

專業學習：（表現具備此工作的能力）

- ◆ 若是學以致用，可說明就讀本科的積極原因。
- ◆ 五專（高中職到二專）各階段的學習與突破。
- ◆ 與此工作相關課程的學習與成果。

特長興趣：（表現專業才能與其他才藝）

- ◆ 專業的特長。
- ◆ 專業外深入的興趣。

活動表現：（表現獨立、合群、負責的做事態度）

- ◆ 校際、社團、班級活動中的學習與成果。
- ◆ 義工、實習、工讀經驗中的學習與成果。

未來規劃：（表現穩定工作與超越自我的態度）

- ◆ 穩定工作的態度。
- ◆ 在工作中提升專業的職能。
- ◆ 在工餘時充實相關的專業知識。
- ◆ 希望能有機會為公司效力。

在職生就業自傳撰寫要點

自　　傳

撰寫人：○○○

成長背景：（表現符合此工作的特質）

- ◆ 家庭對自己個性養成與職業取向的影響（不要冗長介紹家中的成員）。
- ◆ 學校（其他人）對自己成長的影響。
- ◆ 與此工作相關學識的學習與成果。
- ◆ 若寫到自己的缺點，要瑕不掩瑜。

工作表現：（表現具備此工作的能力）

- ◆ 各階段工作的學習、突破與貢獻。

特長興趣：（表現專業才能與其他才藝）

- ◆ 專業的特長。
- ◆ 專業外深入的興趣。

活動表現：（表現獨立、合群、負責的做事態度）

- ◆ 工作中的活動表現。
- ◆ 工作外的活動表現。
- ◆ 學校的活動表現。

未來規劃：（表現穩定工作與超越自我的態度）

- ◆ 更換工作的積極原因。
- ◆ 穩定工作的態度。
- ◆ 在工作中提升專業的職能。
- ◆ 在工餘時充實相關的專業知識。
- ◆ 希望能有機會為公司效力。

應徵信的撰寫要點

□主任鈞鑒：

（第一段：對該公司或負責人口碑、特色的仰慕）

（第二段：對該工作的憧憬與自我能力說明）

（第三段：希望獲得面試的機會）

敬請

籌安

□□□ 敬上

□□□年□月□□日

應徵信　信封的寫法範例

□□□

臺北市 內湖區 康寧路三段七十五巷一百三十七號

（公司名稱、部門，字略小）

□ 主 任 □□（名字略小）鈞 啟

台北市北投區文化三路三十號七樓

應 徵 人：□□□ 謹緘

應徵職務：□□□

□□□

國家圖書館出版品預行編目資料

大專國文選 / 王文泉, 李宜靜, 潘素卿編著. – 四版. –
新北市 : 新文京開發, 2018.09
面 ; 公分

ISBN 978-986-430-443-1（平裝）

1. 國文科 2. 讀本

836 107013717

大專國文選（第四版） （書號：E103e4）

編 著 者	王文泉 李宜靜 潘素卿
出 版 者	新文京開發出版股份有限公司
地 址	新北市中和區中山路二段 362 號 9 樓
電 話	(02) 2244-8188（代表號）
F A X	(02) 2244-8189
郵 撥	1958730-2
初 版	西元 2003 年 06 月 20 日
二 版	西元 2005 年 06 月 30 日
三 版	西元 2009 年 06 月 10 日
四 版	西元 2018 年 09 月 10 日

建議售價：420 元

法律顧問：蕭雄淋律師

ISBN 978-986-430-443-1

New Wun Ching Developmental Publishing Co., Ltd.
New Age · New Choice · The Best Selected Educational Publications — NEW WCDP

NEW WCDP
新文京開發出版股份有限公司
新世紀 · 新視野 · 新文京 — 精選教科書 · 考試用書 · 專業參考書